億萬副作用

PURE GENERATION

Neo——著

推薦序

《澳洲打工度假聖經》作者　陳銘凱

記得那時約是二月多，澳洲已是夏末秋初，剛到澳洲打工度假的我，在背包客棧的留言版上看到有三個男生在揪團一起分擔車錢，要往南方去找工作。我是後來坐上車的第四個人，也因緣際會認識了同在車上的NEO。

這個每到一個地方就會請人幫他拍跳躍照片的男生，個性豪爽又幽默。雖然我們只在西澳的南方停留了一個多月，卻也輕易地變成了好朋友。即便是後來分開旅行，我們偶爾仍會電話連絡，分享最近的打工生活與心得。

NEO在與人相處上十分圓融，但更可貴的是他的性格裡有一大塊仍然是個小孩，對於世界還保有著不帶成見的好奇心與熱情。他對許多事情的觀察和思考都有著好玩的見解，雖然不一定深刻或雋永，但肯定是真誠且獨到的。而這些觀察和思考，雖起於涓滴細流，終究還是匯成了這本小說。

《億萬副作用》是NEO的第一本小說，書中的阿純和阿計，不難看出有著他個人形象的投射。用第一人稱喃喃自語的阿純，承載了NEO對他身處的這個世代的觀察和反省。而以第三人稱手法帶著事件前進的阿計，文武雙全又帥氣的他，大概也有著NEO對自己的期許和投射吧。

主角阿純除了擅長讀書之外，其實和一般人沒有太大差別，面對突如其來的大量金錢，他一樣感到狂喜，一樣感到迷失，但幸好他也有著害怕。他害怕金錢帶來的改變，害怕改變背後可能帶來的災禍，因此踏上了對自我的追尋之旅。而樂透殺手似乎就是「樂透可能帶來災禍」這種超自然信念的具像化，一場奇異的戰鬥也隨之展開。

故事中段開始，阿純和阿計分出了兩條線。相對於離開到遠方去流浪的阿純，原本是局外人的阿計反倒是主動地捲入了事件當中。這一遠一近的描寫，讓故事多了些舒緩的空間，也一正一奇地勾勒出了一個有趣的偵探團，以及一段對於樂透究竟是福是禍的反思。

英文書名取作《PURE GENERATION》，我想NEO想說的，不只是一個有趣的冒險故事。對於金錢的價值判斷，對於人生目標的追尋……不同世代的人，都懷著各自的信念與生活戰鬥著。那麼這個世代的人呢？也許書中偵探團的人們可以給你一些有意思的參考。

自序

是這樣開始的。

騎車等著紅綠燈我不無聊，我腦中反覆激盪著那個場景，突然噗哧的笑了出來，還嫌紅燈時間太短促。

在一家店裡，我急迫的詢問著店員可否借我紙筆，因為突然想到的關鍵字，怎樣都怕忘記。

我曾在餐桌前抓著頭，懊惱著我空竭的靈魂，然後無止境的放空，接著蓋上電腦，大吃大喝。

喜歡把筆電放在闔上的鋼琴上打字，敲著文字以為是音符，就算走音了也不知道，我竟然打字通宵直到天明。

重感冒的暈眩，我誤以為是甜酒的微醺，不知道是迷濛時刻創造的畫面太刺激，還是吃藥的副作用，我竟然心悸不已的落筆，害怕吸不到空氣。

這些創作的過程給我帶來莫大的樂趣，寫的過程中，故事怎麼曲折發展，其實連我自己都不知道會變成怎樣，可以計劃，但是無法預料。

就像旅行，同一個地方你重新去一次，相信許多邂逅、光景與故事也都會不一樣，我也相信，讓我全部重寫一次，這一切也都會不一樣。

事實上就曾寫了好一大段長篇故事，結果電腦當機沒存到檔案，只好重寫，確實完全無法寫回原來的字句了，我也默默接受這樣的命運造化弄文。

我想這樣就是寫作最誠懇最真實的模樣了。

小說，讓我認識了自己的巨大與渺小。

獻給這個世代中純粹的你我。

目次

01

關於樂透 Something About Lottery

有人說，當把一個有錢人所有的財富一瞬間掏空於無物後，過了一段時間，這個有錢人很快的就會再度匯集起他應有的財富，可能還不到當初這麼富有，但是快了，逼近了，甚至，很快就超越了。

而當一個窮人突然擁有一筆意外之財後，過了一陣子，他大概會比原先還要來得窮，失去的更多，那是因為他還不會駕馭這筆財富，他的窮習慣帶給他的化學變化，不是樂透，而是糟透了。

當然也有特例，但是從美國眾多樂透得主的統計資料看來，大部分的人還是無法運用這筆財富，最後反倒被財富吞噬，婚姻毀了，失去健康，或是遭遇到更悲慘的苦難。

那天我又讀到了一則新聞，日本兩個家庭，因為醫院的疏失，把兩個新生兒搞錯了家庭，原本應該含著金湯匙的孩子被誤放在窮人家，而那位本應該在窮家庭成長的孩子，則落到了資源富足的有錢人家。

或許有了資源，一個人可以完成更多的夢想，也或許反倒是因為他落在有錢人家，忙碌的父母只用金錢填補他的童年，其實他並不幸福。電視機前看新聞的我們，只能看到媒體的片面解讀，幸與不幸，只有那兩個孩子，還有那兩個家庭才知道。

這化學變化太過刺激了，隨著時光輪軸的運轉，在多年後的今天，新聞報出了這醫院的疏失。

那位本該含著金湯匙的孩子，在窮家庭的照護下，他是一位沒有顯著好成績的小小螺絲釘，沒有得到這普世社會所定義的成功，不幸嗎？新聞直說他不幸；幸運嗎？或許他在父母的愛下成長，心智健全，健康善良。亦或窮孩子放進了富裕家庭之後，剛好踩著資源飛黃騰達，成為一個可以照顧無數家庭的優質企業家？

我們都不知道這之中發生了什麼故事，但是沒被人關注的其實是我現在腦中想的，在醫院疏失中，要負擔責任的那位護士，不知道她得知多年前的一個疏忽造就了兩個家庭不一樣的人生後，會有多大的衝擊跟懊悔。媒體不追究，觀眾當然也只能繼續無知。

有錢跟沒錢，跟能力有關係嗎？我想是的。那一個人追求卓越的過程中，背景資源重要嗎？我相信是很重要的。但是有沒有特例呢？

我相信一定有的。

因為那個人就是我，阿純。

我是阿純，長的不醜也不特別帥，就像你鄰居家的小孩，就像你搭捷運時擦身而過的路人，不會特別讓你抬頭多看兩眼，但是至少你撞到我，還是會說聲抱歉，那樣的平凡又正常。

我生在一個最棒的世代，是的，我想強調的是，我這個年代是末代聯考，學測的前身，一樣要填鴨式的受教育，然後卯起來寫模擬考卷，人生就在那單選複選以及答案寫無解的畫面上停留駐足良久，考試，是童年以來每每想到都會皺眉頭的陣痛。

接著上大學不久，過個一兩年，媒體已經高呼大學錄取率破百，好不容易上了大學，大家都說在路上出了一個車禍，可能就死了兩個大學生跟一個碩士，而肇事的那位是博士生，因為大家文憑都很高，滿街跑。

而當我們這世代的人即將要到社會上躍躍欲試的時刻，科技公司的股票費用化，科技新貴這位置輪到我們來坐的時候，已經是科技碗粿了，沒有股票領，分紅也越來越少。

然後金融海嘯爆發，我們必須去面對一個經濟衰弱的市場社會。不知道為什麼輪到我們的時候，就開始很多困難與競爭，難怪從小大家都說我們是未來的主人翁，輪到我們的世代就是天將降大任於斯人也，必先漲其房價，冠上草莓族名，吃其塑化劑與毒奶粉，然後癌症三人就出現一人。

好險，我們可以看著電影《悲慘世界》（Les Misérables）來呼應一下「悲慘」，而且電影特效比早期好很多。

好險，我們有號稱做公益，但是卻對我們大多數人從來不救濟的彩券，只要一券在手希望無窮，帶著希望過日子總是好的，畢竟《祕密》（The Secret）這本書中教我們的是，我們多了解一下吸引力法則這件事情，作者抽版稅絕對可以抽到我們結帳的貢獻。

所以這個世代的我們，不管大家堅不堅強，我是努力定了，我不怕自己不優秀，我只怕自己不夠努力，而失去可以優秀的機會，所以我遇到任何事情都很努力。

慶幸的是，努力沒有白費，我一路都是考著第一名，念著第一志願。這有什麼好處呢？在台灣，你愛護小動物，或是扶老奶奶過馬路，其實都絕對沒有比「好好念書」並且「念好書」這件事，會被稱做好孩子的次數還要多。因為路上遇到老奶奶過馬路機率不太高，但是考試考好絕對是屢試不爽。

不會有人管你流體力學那門課是不是曾經作弊過，頂著台灣大學，我就是被三姑六婆過年時刻誇獎吹捧的好孩子。

從小到大所有人都愛問你念哪裡？你考第幾名？卻沒有人會問你快樂嗎？

不過無妨，透過這世代唯有讀書高的風氣，我也得以運用政府給頂尖大學五年五百億的經費，讓我在學校按著滑鼠，遙控著機械手臂來代替我做實驗，安全方便，更不需要熬夜，這都是好成績好學府換來的資源。

那麼流體力學我有作弊嗎？有的！我把我的答案偷偷塞給身旁的好朋友阿燦，讓他可以至少少當一科，那麼我也功德無量了，不然他暑修越多，陪我打籃球的時間就會變少，義氣、球友、做功德，三種願望一次滿足。

阿燦是我最好的朋友，除了成績不太好純粹是因為他太混之外，在我面前最顯著的形象就是總喜歡喊我麻吉，總覺得他會成為我最好朋友的很大原因，就是他一直不斷的叫我麻吉，另外我想他應該也是世上唯一真心欣賞我、崇拜我的人，因此也是最聽我話的人。

麻吉喊著喊著，好像凡事我不幫幫他，就不符合「麻吉」這邏輯，因此，潛移默化的相處後，我似乎下意識的就是該默默照顧這個傻瓜，這位永遠挺我的麻吉。

就在研究所畢業前夕，研究室的大家聚在一起看《24小時反恐任務》（24）。

當影集中的傑克（Jack Bauer）神奇的擊破所有恐怖組織的當下，我獨自在隔壁研究室默默看著網頁上的大樂透號碼，下巴快要掉下來的重新細數了一遍。

一字不漏。

我竟然中了台灣史上最高金額的樂透，二十億！

在震驚之餘，我還聽到隔壁研究室的阿燦看影集太過激動的大喊：「喔！傑克！炸彈要爆炸啦！」

是啊！Boom！

我果真生在一個最棒的世代！

02

吼叫研究所 Roaring School

畢業在即，我的碩士論文就快寫完了，天天不是埋首做實驗就是整理論文數據，這陣子不知道為什麼，碩士班同學們都進入了撞牆鼓噪期，內心激動又緊張不已，每個人都像在百米跨欄賽的最後十公尺衝刺，大家努力的跳，深怕一個不小心撞倒了跨欄，延畢！

而跨過去之後，暗爽跨欄沒倒的人，一方面又擔心速度不夠快，這秒數不夠，實驗失敗！研究室與研究室之間的長廊，常常會不時聽到各實驗室內發出的怒吼與慘叫聲，偶爾還會嚇壞來送飲料外賣的人。

阿燦是最常慘叫的人，但是其實他是最沒必要慘叫的，因為他選擇了一位長期在國外管不到他的指導教授，而他的論文也比較沒那麼注重實驗結果，反倒是為了統計學上的意義，他總是在打工還有打球之餘，瘋狂地在路邊做問卷。他會推推臉上的粗框眼鏡，非常禮貌的與街頭美眉搭訕，阿燦傻歸傻，最拿手的利器就是臉皮厚。

那大量的樣本數與回收問卷使他的論文在街頭逐漸成型，結果斐然，可以驗證大量的理論基礎，也可以延伸出巨觀的圖表與概念。

口試委員與未來引用他論文的人，唯一不知道的事情是，這些問卷樣本只鎖定在長得要很好看、並且值得搭訕的正妹樣本群組裡，這些女孩們在論文中唯一最真實的貢獻，就是阿燦在謝誌上寫的那句：「感謝為寄情於問卷的我提供寶貴意見的人們，感謝為醉心於研究的我提供建言的人們。」

阿燦研究輕鬆做，而他修的所有課程都靠我的「友情贊助」，無論報告還是作弊，我當然不忘拉他一把。

那為何阿燦還需要在實驗室裡跟我們一起鬼吼鬼叫呢？只有兩個單純原因，一個是聽到我們研究同袍們的慘叫，他呼應的叫一下，就像是一隻狗仰天長嘯後，遠方的其他狗兒聽到，也會高呼一聲的回應，這是公狗本性使然。另一個原因更單純，就是因為學校網路不穩斷線，使他下載到一半的A片就這樣下載失敗，還是公狗本性使然。

「哼！一群笨蛋！」一個個性像男孩的直爽女同學，每每聽到我們的紛紛亂叫都會唾棄的小聲低語，我們都認為她這句微小低鳴也是我們喊叫的一份子，畢竟她也正在這痛苦的求學關卡中辛辛苦苦的前進。

雖然總是大剌剌的沒有矜持與淑女風範，但是這位名叫小舒的女孩是個身材姣好又有可愛臉龐的美女。

不過只要多說兩句話，天使臉孔魔鬼身材就會瞬間消失於無形，因為她粗魯的態度與生氣扭曲的表情，會讓她馬上變成「全身殺手」。

「背影殺手」是指背影好看，但是一轉身就會讓人倒胃口的落差，那顧名思義，所謂「全身殺手」就全身都很美好，只要別開口就好。

千萬別與她交談，或是聞到她的味道。她印成海報、做成公仔或許會很暢銷，但是絕不能唱歌與錄節目，還有如果調配成香水應該可以避邪，小舒就是這樣很多矛盾集於一身的女子。

自從中了這神奇的樂透之後，我的生活不再神奇，在強大的壓力與煩惱下，我已經過了一週寢食難安的生活了，我以為只有在睡夢中可以得到些許平靜，夢魘反而讓我醒來一身冷汗，醒著又不得不去思考，我該怎麼辦？

煩著惱著，生活還是要繼續下去，我在實驗室拿著滴管，把溶劑緩緩的從棕色玻璃瓶吸出來，我看著這個叫做正己烷的透明液體，心裡納悶著，這恐怖的化學溶劑，可以把土壤中的有機物給萃取出來，這樣毒的狠角色，女孩們卻喜歡把這狠角色與更多其他狠角色往她們的指甲上塗，然後叫稱它們為「指甲油」。

想著想著我腦中的杏仁核似乎開始召喚我放空，然後一不小心我把這狠角色滴到了手臂上，一陣涼意，不到兩秒，那滴正己烷已經揮發散去，我想一定也有些許滲進了我的體內，有如昨夜的炸彈已植入我的心底最深處。

原先的論文實驗壓力，還有連午餐想不到要吃什麼都會讓我暴怒的情況，突然間都消失了，這幾天我竟然完全沒有亂吼亂叫，因為我外套胸前的口袋裡靜靜躺著一張讓我成為億萬富翁的入場券，而我接著該做的事情就是去把它兌現。

我開始迷惘了，我站在原地開始思索，我正在碩士班中接受挑戰與訓練，是個可以找到好工作的跳板，好工作可以賺到更多錢，然後讓愛我與我愛的人獲得更好的生活環境。

而現在我胸前的這張紙已經迅速超越了這些，我可以完成很多夢想，我可以買到很多我想要的東西，我可以幫助更多人，不！我甚至可以改變這個世界！

那麼我可以有力量讓我生長的這一個世代，變得不那麼詭異嗎？

心跳越來越快，這一切真的太不切實際，我還沒準備好，我該如何運用這筆財富？我的人生會變得更糟嗎？我該告訴誰？我親愛的爸媽？我那總是逃學、總是讓人擔心的弟弟？阿燦？不，這筆錢會毒殺他的。

我的心跳越來越快，呼吸開始困難，胸腔好像被一頭大象給壓了，原來那滴正已烷的毒力這麼的強烈？別自欺欺人了！塗在指甲上的女孩們都活得好好的。

自己清楚是我胸前那顆炸彈作祟，彷彿那二十億的大量鈔票從天而降，像是漫天飄雨與滂沱大雨同時落下，層層堆疊把我掩埋，我的胸口感到越來越沉重，腦袋越來越空白，我開始暈眩，我開始昏頭了，我不知道該如何面對與處理。我不知道，我不知道。

眼前目光越來越模糊……。

I don’t know how to deal with……。

03

雜草叢生海尼根

Our Heineken

「麻吉！麻吉！你醒醒啊！」阿燦歇斯底里的不斷喊著，一邊搖著我的肩膀，一下又雙手抓著自己的頭髮，露出驚慌的面容，我盯著阿燦，腦海浮現一絲感受：「為什麼阿燦要壓在我身上？」下一秒我才意識到原來我昏倒在地上了。

「天啊！你還好吧？我們來找你吃午餐，沒想到你竟然躺在這裡。」突然一陣痛楚，小舒用手大力的拍了我的頭，母夜叉的表情嚴厲道：「喂！阿純，你嚇死我們了！你怎麼啦？」

被打了一下，似乎頭又開始昏了。

「我，我好像剛剛被卡車撞到頭。」

母夜叉聽完繼續對我瘋狂亂擊。

「而且卡車有點臭！」

小舒繼續對我猛亂攻擊。

「啊！應該是垃圾車！」

啊……又是一陣痛楚。

或許幽默就是我生在這最棒世代中，唯一的慰藉，畢竟老天爺對我也太過於揶揄，在我人生還在起步的起始點，就先對我下了猛藥。

我與阿燦、小舒跑去一間特別的小店吃中餐，那是一間除了台大的小福跟小小福（台大福利社的別名）之外，我們最常去的地方。

這家店生意不太好，座落在公館台大附近，巷子中的巷子，非常不顯眼，唯一還看得清楚的就是那一輪明月般的海尼根 Logo 招牌。

店外有許多雜叢茂密的植物遮掩，因此店內總是暗暗的，即使晚上開燈，也是選用很小顆又昏黃的傳統燈泡，而店內的擺設凌亂中帶著秩序，到處都是老舊的電影海報、黑膠唱片，還有大量的奇怪擺飾。

像是店裡除了有一尊將近人一半身高的復活島摩埃石像，還有一尊戴著鯊魚頭造型毛線帽子的埃及法老王雕塑，而旁邊又放了一台射飛鏢的機器，這所謂凌亂中的秩序，就是實際上是一大堆雜物垃圾，但是通通擺在對的位置後，讓畫面整個協調又悅目。

實在不知道這家店叫什麼名字，只好有邊念邊，沒邊念中間，選擇唯一可以辨識的地方之後，我們都稱它作「海尼根」。

整家店只有一個人，老闆、廚師兼服務生，人很隨性，常常就是突然端出來一盆爆米花，然後一臉無所謂的說：「老闆招待！」也就是這樣豪邁有意思，才讓我們這幾位同學特別喜歡來這裡光顧。

這位老闆是阿康大哥，是個滿臉鬍渣的中年男子，放蕩不羈的模樣像是個已經見過大風大浪的人，搖滾樂手的頹廢穿著卻有穩重雅痞的韻味，這樣的痞樣，說起話來卻總是不按牌理出牌又富含耐人尋味的哲理。

我們都直接稱他為康老闆，他是我們的大哥，也是我們的心靈導師，是餵飽我們的肚子之餘，也回答我們對人生的疑惑、照顧我們的大家長。

「康老闆，你知道嗎？今天阿純竟然昏倒在實驗室耶！」阿燦一進到店裡就迫不及待跟老闆分享，因為老闆總是會有很奇怪的反應與對話，讓人嘖嘖稱奇。

康老闆把嘴裡的菸拿下來，呼了一口氣後準備要說出大家期待的話語了。

靜默了五秒，沒想到康老闆只淡淡說了一句：「喔！」

阿燦一副不甘示弱：「喂！康老闆，昏倒是件很大條的事情耶，你怎麼都不在乎？」

老闆才開始娓娓道來那句「喔！」的延伸。

「喔！你們家智慧型天才應該是念書念太多了，念到腦袋燒壞掉了，不錯不錯！一旦你變成白癡的時候，你也會快樂很多，傻人有傻福，笨的人都當老闆，老闆們唯一聰明的地方就是會雇用你們這種高材生幫他做事，傳直銷也是，Top sales 上面的線頭，也就是賺翻天的組頭囉！學校什麼都會教，就是沒教你如何當老闆。」

「有道理，老闆，那我來你這打工吧！跟你學學如何當老闆，先有我這得力助手，我可以把你的摩埃石像未來升級成純金打造的摩埃唷！好了！別鬧了，老闆今天有上次那個蟹味餛飩麵嗎？」我此時的昏絕對是餓昏的昏。

人是個缺什麼補什麼的自然動物，孤單時缺個伴，渴了想喝水，當然現在肚子餓，內心就只有想到吃的，就算我有了二十億，這個當下，我就只想要來一碗熱騰騰的蟹味餛飩麵，其他都不要。

小舒可能因為被我開玩笑開得太嚴重，到店裡以來一直很沉默，默默的吃東西，默默的玩手機。

後來阿燦以方便搭訕正妹為理由，找小舒陪他一起出去做問卷，這樣一來那些街頭正妹就會比較沒有防備心，而阿燦似乎也知道小舒心裡悶悶，找她出去散散步也好。

他們倆還沒走到店門外，小舒趕緊小聲湊過去詢問：「阿燦，我的味道不好聞嗎？我真的有很臭嗎？像垃圾車？是我口臭嗎？我……。」

「啊唷！沒有啦！阿純只是……。」

其實人在有煩惱的時候，很多的感官都被封閉了，食之無味，走路沒看路，像個殭屍一般的活著，或是在工作壓力下，忘記微笑，忘記抬起頭觀察一旁盛開的花朵。

但是有時候卻是相反，格外的敏銳，像是內心剛受創傷的人，可能獲得一絲安慰、一句簡單的問候，就感到無比的溫暖與重要，失戀的女生可能比較好追，一個機車輪胎爆胎的人，抬頭用眼睛搜索機車行的速度也會無比用力。

可能由於中了樂透，讓我思考了是否該保密，還是要與朋友說、尋求意見的事情，因此我今天對於阿燦的任何動作與反應都格外的觀察細微。

或許就是如此，他們即使壓低了音量，我還是聽到了他們倆談論到我用垃圾車開小舒玩笑這件事。

其實不難猜，阿燦之所以喜歡搭訕正妹做問卷乃是天性使然，但是要到一大堆電話卻從來不曾打過，是因為他真正喜歡的是小舒。

而小舒被我開個小玩笑就在意的不得了，透過以前與她的種種互動，我也不難知道，小舒默默的在暗戀我。

依我與阿燦的麻吉交情，再加上小舒一開口說話就把她魔鬼身材化為烏有的神奇 Tone 調，我要是與小舒在一起，這不只是雙輸，而是三輸。

兩個痛苦的男人輸，外加一個小舒，就是三輸了。

他們倆人的離開，正好讓我有跟康老闆取得解惑的機會。

「康老闆，假如你中樂透，你會怎麼樣？」我直接切入主題，詢問這位海尼根店裡的蘇格拉底。

「喔！不怎麼樣啊？」康老闆的手上已經改拿雪茄了。

「什麼是不怎麼樣？」我繼續追問。

「嗯……中樂透唷！那我應該就跟現在一樣，沒什麼變化吧！繼續開店，繼續給你們爆米花，明天一樣走到對街的比利時啤酒吧買罐啤酒喝，我的生活已經是樂透啦！哈哈，不然……剛剛你說純金的摩埃這 idea 不錯，我想要一尊用磨好的咖啡粉砌成的摩埃，那一定超級香，還要是黃金曼特寧唷！店裡放一尊，簡直就像吸毒！喔！Magnificent！」

「咦！其實我可以今天就來做做看啊，也不需要中樂透才能做啊！哈，我真笨，我果然是當老闆的命！阿純，你今天有空的話就來幫我磨咖啡豆吧！」

「我下午還要回去趕論文啦！你難道沒有更遠大的夢想，超想要的東西，或是最想幫助的人嗎？還是你沒有想改變這個世界的一些想法嗎？」我繼續問，但是我心裡還在想這個黃金曼特寧摩埃感覺應該很不錯。

這時候一隻戴著鯊魚頭帽子的黃金獵犬從店內暗處走了出來，還拉長著身體伸了個大懶腰，然後跑過來很友善的聞我，牠是店狗鯊鯊。

一語驚醒夢中人，老闆驚呼：「啊！有！如果我中樂透，我要找最強的醫生團隊讓鯊鯊去做髖關節手術，聽說黃金獵犬都有髖關節毛病，以後要好花多錢耶！」

「嗯，這真是好主意！不過鯊鯊的髖關節手術，好像不用中樂透也能做吧！」我接著說。

老闆一席話，讓我又再度聯想到新聞媒體常常報導樂透得主的一些消息。

樂透得主有兩種類型，一種是馬上拋下眼前工作，另一種是隔天繼續去乖乖上班，無論是趕緊有所行動的，還是淡定不動明王，經過追蹤分析，繼續去上班的人，通常有較高的智慧去運用這筆錢，他對生活現況並不會不滿，只是他更有本錢去完成他未來的目標，或是更無後顧之憂的安排人生規劃。

至於馬上把老闆開除的人，在終於得到幸運女神眷顧後，幸運 NIKE 鞋他已經不想穿了，通常還會大動作的搬入豪宅、買跑車，然後演變成黑道的追殺、親友借錢的風潮，最後是原先生活的大幅改變。

想到這邊我才發現我被媒體影響至深，盡信書不如無書，媒體開我眼界，會不會我的目光也被媒體侷限？

我有了這二十億後，是不是會把我更多原來的潛在可能性給抹煞了？我一直很努力的人生會不會因此鬆懈？還是我會給親友帶來更多現實利益上的試煉，那些接近我的人已經不是愛我，而是愛我的錢了？亦或我可以提供更多資源讓親友們去實踐他們更多的人生願望？而我也可能是把他們原有的幸福人生給抹煞的那個人？

這顆億萬不定時炸彈的分支，安裝在哪個人身上都顯得更加不定時，更加難讓人預料後果。

我想我其實一開始就已經決定了，只是人往往喜歡聽別人說自己想聽到的答案才願意承認，也就是帶著答案來問問題，我問康老闆，其實也是想聽到他這麼說，而他這麼說我也不感到意外，反正他總是那樣的確定，那樣的一副見過世面了無遺憾的模樣。

總之我決定二十億身價這秘密我要保留，我需要更多時間與思考，再來好好運用這筆財富，當務之急，應該是先了解如何把這樂透彩金給兌換下來，並且置放到一個安全的地方。

我會繼續回去當我的死研究生，好好把實驗做完、論文寫完，我相信我現在就放棄的話，未來一定會後悔，念書是我自己的選擇，指導教授我自己挑的，學校我努力考到的，我想不到有什麼理由，不把這殿堂教我的一切，完整的學完。

不為那文憑，只為這場旅程。

就這麼辦吧！

想清楚之後，那些我求學一路上拿到甲級證照、技師證照、英文檢定，甚至是奧林匹克數學競賽獎章，突然間就像下市公司的股票，成為一張張的壁紙，但是這過程中，痛苦與榮耀，汗水與微笑，就像一朵朵曇花，至少也曾剎那間綻放一下，有過那段芬芳的肯定，足已。

我走進店內吧檯，開始研磨兩瓢黃金曼特寧咖啡豆，老闆笑著點點頭，摸摸鯊鯊的下巴。

我胡亂在那昏暗的店內掃視，發現了一捆雙面膠，接著我拿雙面膠將店內的摩埃石像的臉上貼了兩條，一條在額頭，一條在下巴，儼然是要摩埃 cosplay 一下賽德克·巴萊，去除了雙面膠皮，我拿湯匙把磨好的咖啡粉緩緩灑上去，兩條雙面膠黏住了香氣四溢的黃金曼特寧。

「咖啡粉摩埃！完成！恭喜康老闆完成了夢想！」我朝向康老闆用手做了軍人敬禮的動作。

「阿純，誰木寧，案子誰！（謝謝的客家話）」康老闆淺淺微笑著，做了一個紳士跳舞前的邀舞動作致意，然後牽了鯊鯊去聞摩埃石像。

海尼根店內蔓延著曼特寧的香味，夾雜那苦味，也讓我迷惘困惑的心情，有了沉澱的依據，煩惱也就隨著這股味道漸漸散去。

04

清澈透明 Limpid

還記得人生中內心格外清澈透明的時候，有兩次。

一次是高中時期，騎單車回家路上出車禍，當時我被一台汽車的後照鏡碰到了夾著書包的後車架，人在飛出去的時候，並沒有像電影中描述的那樣，人之將死，所有自己生命中的事物如跑馬燈一般浮現掠過，我腦海浮現的念頭是：「糟糕！明天還有考試，我卻出事了。」

這一句話還帶著一種更深層的感受，那念頭其實是表示「我還有很多事情沒有完成！我不想出事！」看來內心深處我還算是願意面對，並不是慶幸：「太好了！我出事了，我再也不用考試了！」

可見在這考試比我收集的ＮＢＡ球員卡還要多的高中，考試到底給一個青年多大的人生壓力與負荷，連出車禍也只想到隔天考試怎麼辦。

這沒用的考試，只是人生大海中的一滴漣漪，但是為何當學生的我們，卻以為漣漪足以創造一股波流，像河流，流向未來幸福的願景。

其實回想一下，一次考試一百分，只是你人生寫的數萬張考卷的其中一張，有如散戶的錢投向股市，一點舉足輕重的力氣都沒有，有如萬頃土地裡的一粒土壤、土壤裡的一隻微生物這樣的渺小，但是，當下成績卻比什麼都重要。

撞飛出去，接著落地，當下猛烈的撞擊，讓我突然呼吸停止了，我意識清楚的發現我人跌滑到停在路旁一台汽車的後面，下半身已經插在這台車的底盤下，上半身還在車外。

我身上沒有痛楚，只是很清楚知道自己沒有呼吸，慌張的感受迅速充斥我的全身，那種感覺是恐懼的，是驚嚇的，是第一次面對這樣的衝擊，這樣的無力，這樣明白自己生命受到強烈變化的不確定。

我趕緊咳嗽，硬是逼自己恢復呼吸。

好險我馬上就吸到空氣了，內心也放心許多，接著那撞擊後的痛楚才開始找上我，我痛到無法動彈，猜想自己大概需要個幾分鐘來恢復，所以一點都不想動的躺在路面上。

而很扯的是，那台撞我的車是一輛警車，所以我連叫救護車都省了，直接被警察拖出來放上警車，然後迅速載去醫院。

滑行過程的擦傷造成整件褲子都是血漬，我的屁股也痛到不行，但是大致知道自己沒有大礙，做完檢查擦完藥就可以離開了。

那時候家人趕了過來，不知道為什麼，連學校教官也跟著來了，那位肇事的警察看到教官軍服肩膀上的朵朵梅花，非常的緊張。他以為他自己撞到的是營長的小孩，看他驚恐的表情，我想大概是跟我在車底下的表情類似吧！

從那天之後，不管吃什麼都覺得特別好吃，而父母的面容也是特別的慈祥，下大雨也不太會影響我的心情，因為我的心裡已經格外的清澈透明，我明確知道，還可以平安的活著，是多麼的幸福啊！原來這就是大病初醒的感受。

不過這樣的感受大概只維持了一週，過了那段時間，我又被日復一日的考試，打回這世代填鴨式教育的那隻鴨，唯一慶幸的是，因為成績好，所以我算是燒臘過的鴨，比較香。

第二次的清澈透明，是爺爺的過世。

向來疼愛我的爺爺，總是會因為我考第一名額外給我頒獎，給我零用錢。童年時期，他載我去逛夜市的時候，我站在他機車的前座踏板上，手握著兩支後照鏡，我都會裝作好像是我在駕駛一台巨大戰車一樣，隨著風迎面而來，爺爺溫暖的懷抱在我身後給我強大的支持，有了這台巨大戰車，我就什麼也都不怕。

在我大學畢業前夕，還在努力的考研究所時，雖然後來考上台大研究所沒有什麼好臭屁的，但是我非常確信他老人家一定會很高興聽到這個消息，只是爺爺還來不及知道我考上研究所，就病危了。

還記得那天救護車趕緊把他送回來老家，護士拔管的時候，父親抱著爺爺輕聲的用台語說：「爸！你的病已經全部好了，你已經回家了！你已經回家了！一切都沒事了……。」

我的淚已經潰堤，那傳統又保守的爺爺，我最親愛的爺爺，永遠的睡去了，我竟然沒有大聲告訴他，我很愛他，我竟然都不曾與他表達，我小時候有多麼喜歡與他逛夜市，每次考第一名都是為了獲得他的肯定。

那重大傷痛之後，清澈透明的心情更加明顯，所有感官似乎都更加敏銳，生活上的種種，我都更加平靜的面對，好像我什麼都不再畏懼了，不擔心壓力，不擔心考試，不擔心壞天氣，不擔心一切之前會讓我煩躁恐懼的一切事物。

因為已經沒有什麼事情會比失去爺爺還要來得恐怖與痛苦了。

這就是種我所謂的「清澈透明」。

眼淚會洗刷你的眼睛，讓你模糊後看得更清楚，或是更不想看見。

不過這次樂透造成的清澈透明有別以往，是個震撼後的平靜，我也知道它將左右我的人生，這張彩券的來到是福是禍不知道，但是我想命運選擇了我，我也必須為我的命運做出選擇。想通的這天，清澈透明給我很清楚的思緒，我開始非常規律的生活著，積極的運動，也有良好的飲食控制，把握每分每秒，因為有個無形之中的偉大計畫正等著我的醞釀與展開。

在尚未獲得運用這筆財富的智慧與技能前，我能做的就是加強自己的智慧，因為我想掌控這筆財富，而非讓這筆財富控制我。

網路是這個世代最便捷的工具，拜網路所賜，我可以迅速的找到我需要的一切資訊，甚至建立個新的身份。

雖然這過程需要連到很多架設在大陸的網站，害我的電腦中了很多木馬病毒，也讓我買了好幾次不用身份鑑別的預付電話卡打了好幾次國際電話，不過任何木馬的清除，網路上也可以找到方法，而新身分延伸出來的人頭帳戶，甚至連開人頭公司都辦得到，這對我來說比算流體力學簡單多了。

有些事情，絕對是你遇到了才會知道，本來我只知道樂透彩金要去銀行領，查了一下才了解詳細的規定。

兩千元以下的樂透彩金可以直接到樂透經銷商兌換，而兩千零一元到五百萬以下的彩金則是到指定的金融機構去領，超過五百萬的部分，要先打免付費電話到高額兌獎專線先行預約，再從他們所謂保護中獎人隱私的保密管道領錢。

真的有保密嗎？誰也不知道，畢竟也不是身邊隨處找得到中過五百萬的親朋好友或鄰居可以問問經驗，而且就算他們中了，也絕對不會主動告訴你。

那不超過五百萬，剛好五百萬元整，就不用打保密電話了嗎？其實對於銀行來說，五百萬這門檻真的沒什麼大不了，就像是銀行輕易借貸五百萬給各位信用良好的屋奴們一樣，這五百萬借出之容易，就如同他們每月賺取你利息一般輕鬆自在，一塊蛋糕而已！A piece of cake！而且這蛋糕一吃就是吃二十年、三十年！絕對不嫌太甜。

至於二十億這獎要怎麼領，相信沒有太多人有這樣的經驗，這樣的數字是無法在存款簿上顯示的，去翻翻你放最多錢的那本存款簿，上面的數字總是還要放上無用的小數點後兩位「.00」，基本上結餘 Balance 那一欄是擺不下 2000000000.00 這排數字的，即使匯入資訊的摘要 Memo 欄位上也只有顯示「××銀行」，不會寫「公益彩券」或是「樂透彩金」，未來去銀行辦事情，行員不會因為看到你的存款簿而知道你是樂透得主，但是有這排恐怖數字的存款簿就是一個風險所在，因此雞蛋不要放同一個籃子這道理，此時不用更待何時。

那天在一個高級又隱密的房間內，一位銀行經理與我開始交辦兌獎手續，這筆彩金扣完稅後被我分散在二十個受我控制但是又不知名的戶頭中，散落在世界各地，其中當然也有電影中常常提及的瑞士銀行。

沒錯！瑞士銀行的特點是，就算這筆錢是非法來源也無法被其他政府查收。當然我沒有做非法勾當的想法，純粹是想要感受把錢存在瑞士的感覺。你問我這一個研究所學生哪來的時間飛去國外開戶？真的！網路真的是無敵工具！再加上如果你很有錢，你幾乎可以完成所有事情，是的，你是無敵的！無庸置疑。

領完錢之後，可能是我態度太過於冷靜，引起銀行經理的好奇，與我握手的時候他問我這筆錢要怎麼用？我沒有回答，我反問了他一句：「請問你發過這麼多次樂透彩金給人，這些人大概都是怎麼樣的？」

他說：「通常都是夫妻一起來，或是家人陪同，像你這樣一個人來的算是少見，而且你是目前遇過最年輕的，當然也是彩金金額最高的，恭喜你！」

我繼續問道：「所以，你大概都還記得是哪些人得獎囉？真有趣，你一定因為這份工作而有了你的人生哲學與感觸，你曾想過，這樣的樂透制度，是幫助人，還是害了人呢？」

經理面容稍微顯露了意外的神情，可能是從來沒有人問過他這樣的問題，但是他恢復從容的模樣回答：「公益彩券，讓人們購買了一個希望，加上貪圖的渴望，造就了很多公益資金的累積，這是幫助到人了，但是這些彩金得主怎麼用，就看他們造化囉！」

「是啊！就看造化了！」我暗自在內心重複著。

事在人為，還是造化弄人，樂透，是快樂透頂還是慘透到底呢？我還真是無法參透。

從那天之後，這些資金我並未有做任何的大幅度運用，唯二花的部分，則是在辦一張信用卡還有一張簽名照上，那張信用卡是美國運通的「黑卡」（Centurion），而簽名照則是台灣第一名模林志玲的簽名照。

有二十億你應該可以直接約林志玲吃飯，或是直接請她商業演出即可，郭台銘都可以在尾牙中與她跳舞了，幹嘛只為了一張簽名照？或許你會這樣問。

因為我喜歡林志玲嗎？是的！我喜歡。

但是主要目的是，我透過網路的力量，用另一個身份向一位義大利的紈褲子弟搭上線，經過兩個星期的網路聊天溝通，再加上我把網路拍賣上標到的林志玲親筆簽名照寄送給他，才終於透過他的邀請與推薦，得以取得使用黑卡的會員資格，因為這張黑卡只採「邀請制」。

而我也很納悶的問過，他這麼喜歡林志玲，為何不直接請她商業演出，或是砸錢飛來台灣看她？

義大利紈褲子弟告訴我，他是黑手黨的後代，他要低調的帥氣，而這低調的帥氣是指，黑手黨很壞，可以碰賭場，但是絕不碰毒品，壞的要有格調，所以愛也要有格調，可以默默喜歡，不一定要親身接觸。

這理論富含哲學意涵，我還無法體會，我唯一最能體會的是，教父電影中的風格與我認識的他，還有很大一段差距。不過至少透過這網友，我拿到了黑卡。

雖然要十六萬元台幣的年費，但是無消費額度上限，即使黑卡發出的數量很少，市場價值卻佔了整個信用卡消費市場很大的百分比，算是金字塔頂端使用者的最愛。

而我覬覦這張黑卡的地方是它更有魔力的部分，因為它可以呼風喚雨的達成一些不可能任務，有了這張黑卡後，我可以實踐的力量也更強大了。

曾經有台灣的企業家在阿斯旺（Aswan）的郵輪上度假，原本預定在開羅下船後再搭機返台，但是當時剛好遇到開羅抗爭事件的緊張情勢，透過黑卡的力量，讓他與他的家人可以得到最快速的方法離開當地。

也曾經有法國的卡友，為了一把限量絕版的 Gibson 電吉他，透過黑卡的協助，代為購得，更別說他為了哄女朋友，曾經把全亞洲出過的凱蒂貓限量筆給全部收集到。

黑卡基本上就是一隻無敵的小叮噹，而給它的銅鑼燒別無其它，就是錢。

有了大量銅鑼燒的我，加上黑卡，如虎添翼。

準備好開始大展身手了嗎？還沒，我發現要改變這個世代，有錢還不夠，要「非常」有錢。

有錢後，會有件可愛的事情一直不斷發生，因為大筆金額的錢放在銀行，也會帶來不錯的利息，所以基本上這筆錢不斷的在長大，但是速度實在不夠快速，還未達到我的目標，因此我也開始研究投資理財，這過程中搞得我很忙碌又充實，好像自己正在執行一個祕密又偉大的計畫，讓我覺得有趣極了。

白天忙碌論文，晚上航行在自己的偉大航道上，不知不覺我們都即將畢業了。

05

Third Party Certificated Casino
三方公證的賭場

阿燦在畢業典禮那一天終於提出他的疑惑。

大家都在禮堂四周，穿著碩士服忙著拍照，盛況空前，歡樂又熱鬧，像是演唱會開場前的眾人騷動。

阿燦把我拉到一旁說：「麻吉！我覺得是不是畢業讓你感傷，還是論文讓你嘔心瀝血，這陣子你好像變了一個人似的？不只是畢業典禮這一天唷，大概這一整個月你都怪怪的耶，你好像每天都很忙，你是不是……祕密做什麼瞞著我啊？」

「有嗎？被你發現啦？」我其實已經想好了一個謊言，想要引導阿燦也加入我的計畫中，即使連我自己都還沒很清楚自己在計畫什麼，但是總是罩著他的我，總覺得一定要繼續罩著他，或許，就為了他喊我一聲麻吉的認同吧。

「其實我發現一個國外的賭博網站，這是一個賺大錢的祕密基地。」

「你瘋啦！賭博？」

「噓！小聲點，這是把數學運用得當後，把數字變成金額的一種方法！」阿燦用手推了推他鼻樑上的粗框眼鏡，新奇的盯著我，是種期待的目光。

我就在一旁樹下緩緩的告訴他我發現的一個賭博網站——

就算是不會使用網路的人也知道，賭博這件事情，莊家永遠都是贏家，而加上了網路這個介面，只要在伺服器用程式做做手腳，莊家就可以輕鬆贏得賭局，但是就因為如此，這個特別的網站標榜他們的運作過程是由三方團體進行驗證。

也就是說，在這個網站，莊家只是提供平台、提供環境的玩家之一，而這一切過程都必須在「獨立公證團體」的檢視與審查下進行，絕無造假。

太多人因為賭場而傾家蕩產，賭場贏錢的方式不是什麼高超的吸金法則，純粹只是懂得人性的貪婪而已。販賣希望與刺激的娛樂，扎扎實實的保證收益，被你贏走的一切，另外幾百個輸的賭客會為賭場買單，所以永遠都贏。

但是這些總是輸的人也不是好惹的，輸的越來越多，有政治地位或是錢多到可以動搖山谷的巨亨開始惱羞成怒，決定挑戰這樣的吸金賭場。於是有許多勢力用各種方式影響賭場生意，漸漸的，賭場為了求生存，衍生出新的賭場法則：「三方審視下的博弈」。

三方團體是什麼？它是公平的裁判，它是一個中立的單位，就像法官這個角色。也就像是你擔心吃到的食品有毒，但有沒有毒不是你舌頭感覺有毒就有毒，你要將食品拿去三方公證檢驗單位進行分析，透過檢驗單位的專業與掛保證，你就可以證實這食品真的有毒，再拿這證據對食品商提出質疑與控告，食品商當然也可以為自己產品找三方公證檢驗單位進行檢驗，然後再把檢驗結果貼在店門口以表達清白。

例如：「經 ABC 檢驗公司分析結果如下，本店之太陽餅絕對沒有含太陽，老婆餅也絕對不含老婆！雞排絕對不含雞……經視力正常人士目視判別，該餅含太陽成分低於偵測極限，而含老婆的濃度小於 0.02 PPM……。」

由於博弈有了第三方的檢視，一直要接受常駐稽核員的檢查，並且每場遊戲都有一位合格的稽核員在旁審視，所有機台設備皆不得有造假或是欺騙的行為，連賭客算牌或出老千，也是他們關注項目之一，所以賭博越來越公平，也越來越透明。

當然這樣的模式也相對帶來更多的費用，這些三方稽核檢查所衍生出來的額外費用，大部份都會轉嫁在賭客的會員費或是資金運用的手續費。而這樣一個方式，網站運作會比實體賭場省錢多了，所以漸漸地，三方公證的賭博網站越來越受歡迎。

「咦？怎麼說著說著，感覺好像股市？」阿燦那不存在的慧根竟然長了出來。

「嗯！其實股市就是最合法最公開的大型賭場，不是嗎？」我聳聳肩。

因為一點都不擔心被騙，所以在這邊玩就是靠真正的運氣或數學了。大筆現金出現在國外賭場不但引人注目，而且你總不能把幾億元換成籌碼放上桌面吧？透過網路，這些金額都能輕鬆變成電腦螢幕中的一行數字，一點都不招搖。

由於數學一向是我的強項，而搭配這我最近剛好發現的這個賭博網站，很快就讓阿燦相信，我似乎賺了很多錢，而且全是靠這個網站。

「我知道你在想什麼，我可以教你玩並且學會控制自己，你絕對可以賺大錢，只是你的執行力必須要像你做問卷一樣，持續且堅毅！」我一眼就猜出阿燦在想什麼，馬上補一句。
「我就知道跟著麻吉就對了！反正你是天才，跟著你就對了。」阿燦笑容竟然出奇的燦爛。
望著他期待的神情，有時候，我真不知道，認識我的阿燦，是因為我而人生樂透了，還是因為我，他的未來會糟糕透頂？我是個稱職的好朋友嗎？

小舒衝了過來並且將手掌往我背上狠狠的打下去，「你們兩個大男人在這幹嘛呀？」
「喔！沒有啦，我們來拍照吧！」我趕緊裝著非常元氣的模樣應答。
我不想刻意去觀察，但是我實在太容易感受到了，在我們眼神交會之間，我可以體會到，剛剛小舒只有打我沒有打阿燦，阿燦一定內心很失望，而小舒一直要我與她玩鬧，我實在沒有心情去接受她每每罵著我，但是眼神總是溫柔送出她的心意的畫面，那份我無法接受的心意，我只能裝傻迴避，這些瞬間總是讓我無奈。
我腦中一直在盤旋的，是阿燦總愛黏著我，相信畢業後也是，我想讓阿燦透過一些方式為他未來匯集一些財富，這不只是金錢，也是種對錢控制力的訓練，我也可以透過這過程，讓他也多少分擔一些我這樂透祕密的沈重——錢越來越多的事實。
中樂透之後的我，需要一個可以信任的好夥伴，陪我一起成長，直到可以駕馭那財富的那一天，我或許可以與他分享這個秘密，但是我不希望他現階段就被這筆錢吞噬，所以只能用潛移默化的方式，自以為可以一直罩著他的我，真的是幫他還是害了他呢？我也有些許猶豫，不過我確信我自己絕對可以駕馭這二十億，就像是我通過無數次考試一樣。

一陣嬉鬧後，我們的畢業典禮就這樣結束了，也代表著，我們這鬼吼鬼叫的研究所歲月宣告結束了，我們很有默契的離開校園，一起走向一個可以讓我們繼續鬼吼鬼叫的地方續攤慶祝——海尼根。

海尼根康老闆已經準備好一切等我們了，他準備了大量的美食與飲料，還邀請了一大堆歷屆學長姐回來幫我們慶祝畢業。

這些學長姐過去就像是我們一樣，在念書時期就常常泡在海尼根裡面與康老闆聊天，而康老闆似乎有種獨特的魔力，與他要好的客人並不多，大概一屆就一兩個，我們三個似乎就是被康老闆選中，而我們也選中了康老闆，有如人與人相處的生物化學變化，物以類聚，頻率合適了，自然就是好朋友了。

也可能是那雜草叢生的餐廳外牆，過濾了大部分不感興趣的顧客，只留下了海尼根欽點的我們。

康老闆不斷的幫我們三個介紹學長姐們，我才發現原來會成為康老闆好友的人通常都有很怪的特質。

「嘿！這位是阿虐，這位學長最大興趣就是收集闖紅燈或是超速的照片，而這些照片最妙的是，每張都有他刻意的入鏡唷！例如刻意請朋友開他的車超速，他在雷達測速自動拍照的當下，一直從汽車天窗探出頭，這樣等罰單寄來時，他就獲得了一張有他臉入鏡的照片，超酷的！」康老闆似乎很驕傲的介紹著。

「那……那這樣收集不是很花錢？一直超速會不會很危險啊？」阿燦推了推臉上的粗框眼

鏡，接著開口問，也剛好問到我心中的疑惑與吃驚。

阿虐學長接著說：「哈哈！就是這樣所以才難收集啊，一個月拍一張差不多，就當作每個月被人炸紅帖，幾千塊嘛！目前大概有一兩百張，有些是同一條馬路，我做不同的表情，有些是不同地段，也算是出遊的紀念照片，哈哈，有些相機拍得不好，或是我等好幾個月都沒罰單來，我才知道那台測速照相機壞了，哈哈哈！」

阿虐在描述時的表情像極了被虐狂正在被虐待時的滿足表情，突然我有點冷汗冒出來。

阿虐身旁有另一位學長，完全不需要介紹，因為一眼就能認出來，他是網路上爆紅的吉他教學影片主角「碼叔叔」，碼叔叔還來不及與我們說話，就被小舒拉去自拍合照了。

我餘光看到阿燦的眼神有一點酸。

碼叔叔的表情也有點不對勁，我猜是他已經聞到了小舒的狐臭，不然就是被她的嗓音嚇到了。

康老闆隨即又介紹一位學長：「這一位是阿北，沒錯就是一臉阿北的模樣，他今年才從非洲回來，他在那邊當志工老師，也教足球，他以前在台大就很瘋足球了，我們店裡面之前一直播英超足球賽，他就天天來這邊報到！」

阿北拿起啤酒與我們乾杯，笑容很真誠，感覺是位心靈非常富足的一個大男孩。

隨即一位漂亮的學姐走過來與我們打招呼。

「你們好！我是曉曉，我在國外工作，我可是被康老闆特地找回來參加這場畢業慶祝會唷！康老闆常常跟我說你們的事唷！」

「這位曉曉，是我們店鎮店之狗鯊鯊原來的主人唷！就是她撿到鯊鯊的，因為她撿到不久就畢業了，而且她畢業後剛好找到國外的工作，所以很有緣啦！就送給我養了。」康老闆說話時的眼神突然有些溫柔，好像在說自己女兒一樣。

沒想到康老闆如此的重情重義，竟然為我們的畢業把大夥都找來，突然之間感覺康老闆就像是研究所的指導教授，這些學生們最後都會回來團聚，聊聊各自的發展，只是通常一個指導教授底下的學生都有些共通點，會因為該教授的專長與研究方向而塑造出旗下類似的研究風格或是相近的論文題目，而康老闆的海尼根底下，聚集的就是一群不是哪裡怪，就是有獨特特質的人囉？

那麼曉曉的獨特特質是什麼呢？撿到狗算嗎？

「你好！我是阿純，很高興認識妳！」我一面微笑回應一面盯著曉曉看，想從觀察中了解，曉曉過去被凝聚在這家店的原因是什麼，特別在哪邊？問好時與曉曉握著手，一時之間竟然忘記放手，曉曉抽離手時，露出了尷尬的笑容。

不過想了想，我倒是覺得，現在這家店裡最平凡普通的人應該就是我們這三個應屆畢業生了吧！

大家盡情的在海尼根店內狂歡大笑，碼叔叔還拿起吉他，讓大家一起合唱五月天的《終結孤單》，幾瓶啤酒下肚後，我感覺微醺飄飄然，這種感覺很放鬆，很愉快，阿燦開始像是在做問卷似的跑去跟幾位學姐們談話，小舒跟著碼叔叔一起唱歌，發出非常恐怖的走音，大家也不時發出歡呼與尖叫聲。

感覺上，會成為康老闆朋友的人都很好相處，也都有各自有趣的地方，很容易發現大家都有某個特點——就是很合康老闆海尼根店內的某種氛圍，唯獨曉曉除了撿到鯊鯊之外，我還真猜不透她哪裡特別，不過特別有氣質倒是真的。

這個世界上漂亮女生很多，但是有氣質不多，是另一種層面的形容。

康老闆到吧檯切著要塞進啤酒用的萊姆片，我走過去與他攀談。

「康老闆，我發現你這些歷屆忠實的客人們，好像都很特別耶，似乎都有某種特質跟這邊tone調比較合耶！」

「當然啦，我可是很會挑朋友的！一定要有特色跟自己的想法！」康老闆一邊講，似乎這句話夾著萊姆的香，還有混雜著康老闆身上的淡淡煙味。

「那，那我們三個特色是什麼呢？我們超普通的啊！」

「你們啊，很簡單啊，我還沒見過像你這樣冷靜聰明的人，永遠都拿第一名，這一點實在太可怕了，應該什麼事都難不倒你吧！阿燦呢……阿燦總是黏在你身旁，甩不掉嘛！哈哈，而小舒嘛……呼！這小妹妹身材太好，讓我青春小鳥一去趕快飛回來……。」

此時人群中傳來小舒的破音歌聲，好像震動著海尼根店內的每張窗戶玻璃。

康老闆皺起眉頭：「身材好是好，不過……她還是別開口的好！」

「嗯！英雄所見略同！」我與康老闆互看了一下，點了點頭。

吧檯已經出現了一盤切得非常精緻俐落的萊姆片，康老闆接著若有所思的緩緩吐出：「像你這樣聰明又沉著的小孩啊！一直都乖乖的，但是總覺得未來某一天你或許會變得瘋狂叛逆呢！呵呵。」

鯊鯊搖著尾巴走進來吧檯，拉長著身軀，伸了個懶腰，我蹲下身摸摸牠的頭。

我想到我還沒問老闆有關曉曉的事情，有那麼一絲好奇，但是沒能說出口。

康老闆說我未來某天可能會變得瘋狂，這句話佔滿了我大部份的思緒，我想或許吧，這二十億是不是會讓我瘋狂呢？脫離了我原先應該要有的人生軌道？

大家又開始歡呼起鬨。

在這美好的夜晚，可以與大家用鬼吼鬼叫的方式來度過我研究所的最後一天，算是再好不過的句點了。謝謝康老闆與鯊鯊，謝謝阿燦與小舒，謝謝海尼根給我在研究所痛苦煎熬時所帶來的一切歸屬感。

在這最棒世代的校園擂台，算是告一個段落了，接下來又要去哪兒汲汲營營下去呢？是該好好想想這二十億的使用方式了。

06

一擲億金

Spent a Hundred Million on One Throw

很多人說，男人活到多少歲就只剩下一張嘴，我估計就是他當完兵的那一年起。

這個世代，當兵這件事情，評價也卡在中間，我們當兵不如早期需要當個兩三年，因此加上軍訓課減免，只剩不到一年的役期。

而比我們年輕的未來新血們，所需要的兵役時間，也會逐漸如同預期的被縮短，當然，終極目標就是不用當兵，因為大多人服的不是義務役，而是不願意。

有些愛講的長輩會不以為然的說：「拜託！才一年，根本沒操到，想當年我們……。」然後大概可以講個好一陣子，講到腳邊都快結蜘蛛網了。

有些中肯的長輩會覺得：「嗯！越少越好啊！以前我當兩年，根本浪費時間，不過去軍中體驗一下，也是有些體會啦！」

至於「男人論」這件事，這些當過兵自認蛻變成「男人」的男人們會對著不需要當兵的人說：「沒當過兵，不是男人啦！」但是內心深處其實酸葡萄的羨慕他們可以因為一些隱疾或是關係的打通，而可以不需要當兵。

其實，不是男人的男人，當一百年兵也不一定可以成為男人。

其實，不是男人的男人，透過當兵的磨練而有所成長，或許可以成為真男人。

其實，已經是男人的男人，還真不需要透過當兵來證明自己成為男人了。

畢竟一年內的兵役說長不長，但是也是三百多天的生活大改變，所以任何旁人別說無所謂，就像是我們男生永遠無法評斷女人生孩子到底有多痛多辛苦，如人飲水，冷暖自知，更何況這口水，還有各種地區、兵種、年紀、環境一大堆變化與因素。

至少，有一件事是可以確定的，當兵這件事，絕對是男人們未來可以聊天的一大話題，屢試不爽。至少我們還剩一張嘴。

我根本就還沒當過兵，卻被當兵的概念與模式不斷轟炸。尤其是在等待當兵的這段日子。

在等當兵這段時間，我回到了台中的老家，難得沒有了書本與考試，也多了很多時間與家人相處。

父親是個公務員退休的開明長者，他總是會對我說一些哲學的話語，從小到大對我的期望也很哲學。

他認為，總是名列前茅的孩子，一路考取好的學校，未來應該會飛得很高很遠，或許哪天在國外工作，也會發展得很好、爬得很高，但他也認為這樣的我，未來不容易照顧到家裡，因為我的責任會更高，我或許有更高的社會價值。而成績一直很差又讓人擔心的弟弟，他反而覺得越笨的孩子，越會待在家裡，成為會一直陪伴家人的孝順孩子。

這簡直就是電影《蜘蛛人》（Spider-Man）裡面說的「能力越強，責任越高」。父親並不覺得優秀與愚笨有什麼極端的好壞，優秀而不在身邊很好，因為他培養出厲害的人，去貢獻這個社會。愚笨而在身邊也很好，可以在身邊好好孝順他們。（他預測我的不孝？）

他這樣的想法讓我欣賞，但是又讓我感嘆，因為一直以來我在這學歷掛帥的環境下生長，隨波逐流，總是在外地念書，追求卓越這塊金牌的我，確實很少有時間陪在父母親身邊，對於這一點我一直很愧疚，而弟弟雖然表現不像我總是受到街坊鄰居、親朋好友的誇獎，讓父母面子十足，有滿滿的成就感，但是扎扎實實在他們身邊天天幫忙家裡洗碗倒垃圾的，卻是弟弟。所以我也很感謝家裡至少還有弟弟的存在，讓我這總是在外的遊子，比較放心父母有人作伴。

但是弟弟總是會有許多莫名其妙的麻煩事發生，不是一不小心刷爆了卡，讓爸媽負擔卡債，就是與女朋友吵架，和女友的前男友打架打到進警察局。可以說是大事不犯，小事不斷。這樣的弟弟，我了解他並不是壞到骨子裡的孩子，他只是從小都在哥哥優秀光環下，加上也總是想要用一些奇怪的方式引起別人注意，所以一直被人比較，一直都當那社會環境定義下不成材的代表，我不想承認是我的優秀害了他，我比較想把這原罪責怪到這世代大環境的愚蠢框架上，但是一方面又羨慕他，其實他不需要汲汲營營的在學海浮沉，他大可以恣意的做自己就好了，就算哪天當了流氓，也應該可以當一個很有自己格調的流氓。

母親則是一個非常傳統的客家女性，她終其一生只有把家人照顧好這一個願望，無論我們兩兄弟表現如何，她都只在意我們是否吃得好睡得飽，只要家人平安健康，就是她最在意的一切。

雖然她講話不太有客家腔，不過每次講到可口可樂，她總是說「可渴可樂」，可愛極了！

待在家中等待兵單的到來，我開始著手研究金錢遊戲，把考試拿高分這技能，還有碩班做實驗的研究方法這能力拿來運用。

我找齊了各類的理財叢書與各國研究文獻，開始展開股票、期貨、基金、保險與貨幣買賣的研讀，在口袋有二十億的支持下，我卯起來的研究，想要趕快了解這世界現金流的運作方式，因為我深信，唯有掌握運用錢的充足知識，我才有能力去駕馭這筆財富。

當然另一方面也沒忘記那個三方公證的賭博網站。

阿燦因為有僵直性脊椎炎，所以不需要當兵，對於不需要當兵這件事他並不感到開心與驕傲，反而是常掛在嘴邊說，他的僵直性脊椎炎是「周杰倫」也有的僵直性脊椎炎，還因為這個驕傲了許多。

他為了可以住得離我比較近，特別找到了台中的大學研究助理工作，繼續做他拿手的問卷、接著國科會計畫，沒事就到我家泡在我房間，看著我研究那一堆數字。

「麻吉！你怎麼剛畢業就轉系啦，一直搞這些財經的東西，該不會你畢業之後才發現你想要念商學院唷！」阿燦坐在我房間的沙發上，一邊玩著大腿上的筆記型電腦，上著我告訴他的那一個賭博網站。

「我們念的東西，其實只是為了學查詢資料的能力與解決事情的方法，現在就是開始利用這些能力的時候啦！」我還故意模仿阿燦，用手推推臉上眼鏡的模樣。

「就靠這網站賺錢就好啦！你看今天我又賺了一筆！」阿燦興奮不已。

起初告訴他這網站只是為了有個理由可以讓他不那麼意外我有一筆財富，不過到目前為止我也沒花什麼巨額款項讓他意外，反倒是阿燦開始著迷於賭博網站，並且利用我教他的技巧賺了不少錢。

我知道要教他算牌技巧或是什麼數學方法都沒有像以往直接幫他作弊來得快，所以我直接教他一招很多人都知道的方法——「加倍下注法（Martingale）」。

這個方法是當每次賭輸，就將賭本加倍下注，如果再輸，就再度加倍賭本，如此一來，只要一次贏了，原本輸的錢都會贏回來，並且很容易在最後一輪倒賺一些，用這種方法，只要賭本夠大，無論是玩任何種類的遊戲，絕對都可以達到不敗的地位，唯一要考量的就是你有多少賭本。

阿燦就用這方法，很簡單的玩輪盤，選擇紅或黑，一翻兩瞪眼，完全依照加倍下注法運作，默默的累積了他的財富。

或許你會納悶，賭場有那麼笨嗎？其實很多賭場都有方法防堵，例如限制下注金額的上限，讓你無法加倍到你想要的金額，或是一旦三方公證人員發現後，將你的登入帳號鎖住，或是取消會員資格就可以阻止。只是我反倒是很意外的發現，阿燦這樣的方式已經玩一個禮拜了，居然完全沒有被制止，不知不覺就賺到了比他一個月薪水還要多的收入。

雖然阿燦總是抱怨，他研究助理的薪水實在太少，到賭博網站上賺得比較快，不過在教阿燦這方法之前，我們已經約定好，不管他賺了多少錢，絕對不可以因此辭掉工作，只專注在賭博上，我希望他不要玩物喪志，不要迷失了。

突然家中客廳傳來老媽罵老弟的聲音，我走去舒緩一下氣氛，才知道，原來弟弟刷了卡，很衝動的買了一台五萬塊的ＤＪ設備。

「吼！我不能有自己的夢想嗎？搞不好未來我就是一個專業ＤＪ了！」弟弟聲音很大的反擊。

「你上次卡債還沒還完，現在又再刷，你真不知道錢難賺，整天就只會線上遊戲，什麼時候聽你說你對什麼ＤＡ有興趣了啊？」媽媽用她一如往常的嘮叨語氣繼續發功。

「是ＤＪ，不是ＤＡ啦！」弟弟眼神瞄到我跟阿燦，可能是看到不熟悉的阿燦，所以有點不好意思的低著頭。

「你又亂刷卡？」我很平靜的問著。

「我覺得這次感覺很不一樣，我真的很想當一個專業ＤＪ，哥，你一定知道夢想來的時候，感覺會很不一樣。」

「我了解！媽！你就別再罵了，我這邊有一些獎學金，這次這個ＤＪ設備的五萬塊就由我來出，給他試試看吧！」

或許贊助弟弟的夢想，是我能做的微薄心意，這五萬塊是給他夢想的基石，可能也是一顆我打水飄的鵝卵石（再也有去無回），或許就像是在那個賭博網站中的一次賭局罷了。

我在這三方公證賭博網站上真正靠運氣的就只有那麼一次，就像是我買樂透彩一樣，那麼一次絕對是靠運氣的。

每天努力的專研那一大堆不同的理財工具後，我會在那網站上隨意玩，利用數學的方法去算牌，很快的就可以找到一個邏輯，讓贏的出現機率增加，說是為了贏錢，還不如說我特別用心在挑戰三方公證人員的公證技術。

後來有一晚，我在研究黃金價格的歷史趨勢脈動，父親在客廳看著大愛台的連續劇，弟弟房裡一直傳來線上遊戲打怪的聲音，而母親正在廚房用果汁機打著精力湯要給我們喝，各司其興趣。

有人說，每個人成功與否並不是他白天奮鬥了什麼，而是他晚上成就了些什麼，這句話不全然是對的，但是如果兩位一樣認真的員工，做著一樣的工作、領著一樣的薪水，這樣的基礎比較上，若是一位每天晚上都在看電視，而另一位每天晚上努力某一樣技能，那麼努力的人或許可以在未來有另一份契機而卓越，可能是讓他白天的工作有所變化，或是某天當副業的產值大於正業……。

當然你也可以說，看電視的比較快樂，心情好，其實比較健康，或是因為電視給的創意變成小說家，也或是看電視參加了 Call-in 得了大獎，而一直拼命某項技能的，也可能是徒勞無功，各有道理。

人把時間花在哪裡，成就就在哪裡。

而「成就」兩個字，也由人來下定義。

如果與我父親討論這個，他一定會把這議題討論的很哲學，然後延伸到先有雞還是先有蛋的迷思，再接著討論知名哈佛教授開的那門課，也就是暢銷書《正義：一場思辨之旅》（JUSTICE: What’s the Right Thing to Do）。

人生很多事，很像《正義：一場思辨之旅》裡探討的，對錯，真的對或錯嗎？很有意思的哲學是——

有錢人為了搶演唱會的ＶＩＰ席次而買了一張黃牛票，沒有人會在意，但是如果因為有錢，所以醫院先讓有錢人接受治療，那樣很多人反對，因為對於娛樂，錢可以有區別，面對生命，醫療應該平等。

但是目前確實很多等不到病房的醫院，你花錢就可以趕快有病房，不然健保病房還真是不好排隊，你如果趕著需要開刀，一等下去可能就要多拖個幾天，而真的沒時間去排隊買演唱會票的人，難道就不能多花點他努力工作賺來的錢去買張黃牛票，趕快取得他想要的席次嗎？誰對誰錯？哲學的錯！

腦袋中開始充滿一大堆哲學議題，除了近期充滿的理財理論，那一堆「富爸爸」的思維，還有什麼《有錢人想的和你的不一樣》（Secrets of the Millionaire Mind）類似理論的書籍，外再加上背景音裡電視與線上遊戲的聲響，果汁機突然又發出高頻的運轉聲，我腦中閃出厭煩的感覺，而這種感覺隨著果汁機高速運轉的聲音，越來越明顯，我就要爆炸了！

我決定暫時捨棄所有那些書上說的，有錢人的思維邏輯，還有那些窮爸爸富爸爸理論，先到網站上一擲億金。

沒錯！我決定去玩一場一億元的賭局，就選擇阿燦最愛的輪盤吧！非黑即紅！

要一口氣在網站上刷卡使用一億元，其實也讓我思考了一下，雖然刷一億是非常魯莽的行為，但是我還是冷靜的去想，如果用信用卡，似乎很少有這樣的巨額額度，所以必須刷 VISA 晶片金融卡，戶頭有多少就能刷多少。

我也想到，確認簡訊如果傳來顯示「卡友您22點18分刷卡 100,000,000 元，簽單好禮五選一，活動詳情請見官網，謹慎理財信用至上，循環利率 7.36~18.75%」，好像還挺驚人了，假如一千塊可以換一隻小熊學校的小熊抱枕，那麼刷一億元可以換十萬個抱枕，就算我有體育館一樣大的倉庫可以堆，我想銀行可能也沒有這麼多給我換，可能會造成銀行的困擾，或是要換成別的刷卡好禮。

想到這裡我噗嗤的笑了一下。

最後我想到了我的黑卡，林志玲簽名照換來的黑卡。

就這樣線上刷了無額度上限的黑卡，選擇了一個不限壓注金額的輪盤，全壓了黑色。

輕壓滑鼠按鈕，開啟了這遊戲，沒有把我突然煩悶的心情給予些許解放，反倒是我突然發現我今天穿著黑色的 T-shirt，很符合這黑鴉鴉的時刻。

黑卡，押注黑色，再加上黑 T-shirt，似乎更映襯電腦那端金碧輝煌的輪盤畫面，螢幕上閃亮亮的輪盤，開始轉呀轉呀，多少人曾在這命運的轉盤旁欣喜若狂，又有多少人在這紅黑顏色間黯然惆悵，從孩提時期多少人夢想的旋轉木馬，到多少人長大成人沉淪於賭博輪盤，其實旋轉間都是一顆玩心，無論大人小孩都有那個試探色彩，很多遊戲有18歲的成年限制，越是成熟了，越有能力控制自己，當然其實也越有能力摧毀自己，每個人都在滾動那命運扯鈴，滾的越快，發出的聲響更加蜂鳴大放，亦或更快把掌握的那條線給摩擦斷裂。

螢幕的輪盤還在運行著，我的思緒有一絲覺得自己一次下注一億元非常的幼稚，同時也在分析為何我可以做到這樣的行為。

如果說要我一口氣把全部二十億拿出來賭，那我一定是瘋了，而拿出一億我卻可以接受，我想大概那就是我願意承受的風險吧！

假如今天我中的不是二十億，而是一億元，那麼在我心裡可能默默的就拿捏好了，我大概可以拿一千萬出來玩，所以這一成的失去比例，是我願意承擔的風險比例。

這是個跟個人特質很有關的數字，在投資上，常常可以用一些問卷來定義。

是的，就是阿燦最拿手的問卷。

幾個問卷題目就可以評估投資人是「保守型」、「穩健型」、還是「積極型」，用來評估投資人應該選用哪些投資商品，定存、基金還是股票，不過換句話說也可以說是「不敢玩還要玩」、「想玩還想保本」、「老子已經豁出去了」這三種類型，只是理財顧問這樣說的話，應該沒人想跟他買，就像是房屋銷售員對於偏僻的地方會誇說「大自然園地，蟲鳴鳥叫」，在水溝大排前的建案稱作「水岸第一排」，都是一種話術。

人活著大部分時間都是挑選自己喜歡聽的東西聽而已。

假如一個企業家拿出自己財富的十分之一出來行善，或許很平常，但是一個平凡的賣菜阿姨拿出自己所有的積蓄出來捐，她真的是想要為這個世界做些什麼的實踐派英雄，雖然她在捐助金額上輸給富人，但是她奉獻的，幾乎是她的所有，因此這比例才是重點。

（這好人叫做陳樹菊，美國《時代》（Time）雜誌二〇一〇年最具影響力時代百大人物，二〇一二年麥格塞塞獎（Ramon Magsaysay Award）得主之一，《富比士》（Forbesz）雜誌二〇一〇年亞洲慈善英雄人物第48位。）

想到了陳樹菊，我突然想到，拿一億出來賭博之前，為什麼我不能先嘗試當個捐出十分之一的企業家呢？雖然我只是個意外得到財富的小毛頭，但是此刻我是何等的幼稚與毫無影響力，一直想要拿這筆財富做些什麼的我，竟然像是果汁機裡面的芹菜，已經稀巴爛了。

當我開始後悔時，輪盤停下來了。

我倒抽一口氣，看著螢幕，右下角網路連線正常，筆電電池足夠，瀏覽器中的畫面正常，看樣子沒什麼差錯可以停止這場賭局，再看看輪盤最後結果。

那顆小球落在黑色的區塊上。

螢幕上彈出了一堆煙火的 FLASH 特效。

這幾秒鐘滑過，我的後悔與罪惡感就消失了，我的一億就這樣因為賭局的勝利變成兩億了，當然嚴格上來說，扣掉賭局的手續費、稅金，給三方公證單位的基本抽成，一堆奇怪名目的錢，大概一共賺了九千九百九十幾萬，詳細數字我也不太在意了，我只是第一時間想到，這九千多萬或許可以捐出去做點好事。

像是補償我的愚蠢行為，也像是想宣告自己其實應該是站在好人這一邊的。

內心充滿了複雜的感覺。

不過我也想到，這或許是賭博網站的運作模式，先給你點甜頭，當你繼續下注後，再從後面幾場賭局給扳回來，我才不幹了！見好就收，停止下注，準備關機。

突然弟弟在房間大叫：「YEAH！我升級了！」

他玩的線上遊戲再度升級了，很慶幸他可以擁有這個小確幸，也是小雀興，讓他雀躍的歡呼了出來，但是無論他在網路中升到觔斗雲上面還是佛光山上，他在現實生活中卻是停滯不前。不過這大叫很像我在碩班的鬼吼鬼叫，搏得我 0.001 的小小小肯定，其餘的是為他感到遺憾，也無法為他改變什麼的無力感。聯想到最近觀察的遊戲公司股票為何一直飆漲，相信弟弟對這飆漲，一定有那麼一點點點的貢獻。

父親也對於該歡呼有了莎士比亞《哈姆雷特》（Hamlet）式的反應

「To be, or not to be, that's a question！」

「升級，不升級，都給我出來喝精力湯！」

「你媽把精力湯準備好囉！」

07

我們的基金會

Our Foundation

基金會這三個字好壞參半，有人說基金會是富人用來減稅的好方法，既然錢要被國稅局拿走，還不如用在自己認可的地方，而基金會又由自己人來掌控，錢要花在哪邊，只要符合運作程序，其實還是可以回流到自己口袋。

當然基金會真的確實在社會上幫助了許多需要的人，也有很多基金會的設立，挽救了生命，推廣了運動，贊助了夢想，完成了很多平凡又偉大的種種事蹟。

因為額外賺到這將近一億的賭博收入，也為了消滅我竟然拿一億出來賭的愚蠢罪惡感，我決定成立一個基金會，希望可以成就些什麼，或許很多有錢人，也是利用做些善事來消彌自己平時為富不仁，平衡一下自己在商場如戰場的心狠手辣。

理財的書籍雜誌總是說，要有有錢人的口袋，就先要有有錢人的腦袋，我則是先擁有了那口袋，才開始試想有錢人的腦袋。

或許這世代的學習模式，可以先讓學生們擁有好成績或是好的鼓勵，那麼為了符合那個期待與榮耀，或許實力與創意都隨之跟進了。
或許都是或許，可能要幾百年的演進，才會變成默許。
基金會分為幾個類別，社福慈善、教育事業與文化藝術類，都需要台幣三千萬以上的金額才可以設立。
雖然錢不是問題，但是基金會申請需要有捐助章程、捐助財產清冊、董事名冊、法人及董事（監察人）印鑑清冊、年度經費預算書、年度業務計畫及其說明書等等，光用 RAP 念完這一串我都累了，可見要申請一個基金會也不是這麼容易的事情。
這陣子我開始埋首基金會的成立，打了很多通電話，也上網爬梳了很多資料，我發現這種事情絕對需要一個團隊來支持，我決定開始找尋幫手。
有些時候，或許我們總是埋怨這世代教育體系沒有給我們實質上的幫助，文憑的爭奪戰，只是一場長期用壓力消耗了我們青春的馬拉松而已。
但是當我開始想做些什麼時，我發現很多學到的工具通通派得上用場，只端看你會不會用而已，用數學來生活、甚至是賭博，用歷史數據觀測未來財經發展，用科學工具來解決生活中的疑難雜症，上網查詢資料與寫報告的能力讓我搞定了基金會設立的章程文件。
我們所學的看似沒有用，四年大學的歲月才換來未來每個月22K基本收入，念了一輩子書，那題微積分考題到底對我們人生到底有什麼幫助？考到那一大疊的證照，讓自己「照」子放很亮，那些證明真的有實質上的助益嗎？
但是如果化學課的那一天打了個瞌睡，或許你永遠都不知道碳酸氫鈉這聽起來這麼酸的幾個字，其實它是鹼的，或是你在異國遇到了困難，那一個逃生裝置的英文單字或許可以救了你的命。

當然，你也可以說就是那天化學課我打瞌睡夢到了一個想法，變成我創業的動機，而且我也從來不出國，我在南部都講台語，生存的非常好，好險我那天有打瞌睡，好險我沒浪費時間記住那個單字，傷害了我的腦細胞。

要學真正確定未來用得到的東西，那麼可以教怎麼把妹，怎麼找到G點嗎？還有教大家菸屁股不要亂丟？

嗯，又是個很哲學的議題，We never know……。

總之，從沒當過業務人員的我，發現我或許可以用平常做簡報的能力來說服人，就像畢業口試一樣，我既然可以拿我做的實驗報告說服教授，可以說服國際研討會的審稿人員，那我應該可以說服很多人吧？阿燦的問卷能力應該也是非常強大的業務工具吧！很多人都有這樣的技能。

只是當老師、教授、客戶換成了父母、朋友、另一半，我們都吝嗇於好好花時間與他們溝通。

我做了一份膠裝整齊的計畫書，還有一個排版正式的簡報，與阿燦一起跑去海尼根找了康老闆。

阿燦一點也不意外我可以靠三方賭博網站賺到一億，畢竟他也在那網站上獲得了很多甜頭，對於基金會的成立，他只覺得很酷，然後說：「麻吉！我就知道跟你一起有搞頭，真是太有趣了！不知道康老闆會不會買單。」

海尼根窗外的植物，似乎葉子更加茂密了，快要把海尼根招牌給遮住了。那個午後生意依然沒有很好，只有天氣一直非常好。

店內只坐了一位完全看不出來是男生還是女生的學生，飛快的在筆電上打字，旁邊的蟹味餛飩麵似乎都涼了，還沒有被享用的動靜。

有時候生活周遭總會出現幾個很中性的人，但是至少從說話聲音語調，或是動作姿態，加上表達方式與談話內容，你可以發現出端倪，不然就看他衣服上是否有內衣肩帶的痕跡，或是男生有的喉結或腿毛來定義，但是這位學生讓人猜不透，他到底是男是女。

康老闆還沒出現，店狗鯊鯊已經聞到我們的氣味，搖著尾巴衝出來迎接我們，我拍拍鯊鯊的頭，鯊鯊的尾巴擺動幅度很大，硬生生的一直往阿燦腿上連續拍打，完全可以感受到鯊鯊的熱情躁動。

「唷！是阿純與阿燦呀！不是畢業了，怎麼還沒去當兵啊！什麼風把你們倆個吹來了？小舒怎麼沒有一起來呀？」康老闆笑得很燦爛，完全是我們信賴的老朋友模樣。

「對耶，我完全遺忘了小舒這號人物。」我內心正在想著，不過心中又冒出阿燦心儀著小舒，小舒喜歡我的這尷尬情況，或許畢業後我們有些距離，是件好事，我一點都不想變動我們三個之間的友誼，要是可以永遠這樣下去，我甚至希望阿燦可以跟小舒在一起，那就太好了！

「喔！我有打給她呀！她忙著當 show girl 沒空來啦！今天有電玩展，這種只要露臉露身材，不要開口唱歌的最適合她了！」阿燦推推臉上的眼鏡。

阿燦果然心總是向著小舒，就算跟再多正妹做問卷，我想他心中一定還是只有小舒吧！

我們跟康老闆在店內深談了好幾個小時，我拿出渾身解數，希望康老闆可以當基金會的董事，用開店的經驗來維持一個基金會，並且動用他的人脈，把那些充滿個人特質的怪咖學長姐，或是其他優秀的朋友一起拉入這個基金會。

這過程讓我覺得很像學生時期曾經被朋友騙去參加傳直銷說明會的感覺，而我就是那個不斷推銷的黃金鑽石級大線頭，雖然不太舒服，但是我真心希望可以有個我熟悉與信賴的團隊，來執行一個基金會的運作，也可以透過一個基金會，把這些朋友們繼續凝聚在一起。

我也很訝異，康老闆對於我突然擁有一億元成立基金會竟然沒有感到意外，一直名列前茅的我，以為這樣的優秀書呆子，不太能做出什麼太跳 Tone 的行為，但是反而因為我考什麼都考得好，要什麼執照都拿得到的刻版印象，好像要完成什麼似乎也不會辦不到。原來他們都把我當特務嗎？

或許，康老闆早猜到我中了樂透，畢竟，我曾問過他，如果中樂透會怎樣的問題。反正康老闆就是一位見過大風大浪的人，沒有什麼事情可以嚇到他了吧。

我想如果我單純過來跟康老闆用聊天的方式談，或許沒有什麼成果，但是帶著這些詳細的章程資料，還有縝密專業的簡報內容，真的會讓人覺得很有誠意。

康老闆終於做出決定了。

「好！我答應你，但是我有幾個要求，第一，基金會要叫做摩埃文化基金會，第二，旁邊那位打電腦的妹妹，別懷疑！她是妹妹，你們一定很多疑惑，但是她確實是妹妹，這位妹妹要當我們的基金會成員，她是剛剛被資訊系退學的台大學生啦！別看她這樣，不男不女、又剛被退學……。」

康老闆一臉挖到寶的模樣，停頓了一下。

「她可是超強電腦奇才駭客，最近才把台大與合作的銀行電腦系統給癱瘓，把上個月台大教職員的薪水跟公館附近小販的當月收入給亂數對調了！」

那位「妹妹」終於停下她狂亂打字的手，把頭抬起來緩緩的說：「我只是想做個實驗交份報告而已，真的不是故意的！學校就退我學了，真悶，而且小販收入竟然比大學教授還要高，台大老師們收到比較多的錢還不高興！」

說話聲調完全還是不像女生的聲音。

「不高興的原因是因為發現自己當教授薪水還輸給小販，面子掛不住，哈哈！公館這一帶可都是黃金店面呢！賣滷味都可以致富！千萬別小看啊！」妹妹繼續補充。

「好！那麼，這位『漂亮』妹妹叫做什麼名字？」阿燦用他做問卷的客氣口氣詢問。

「就是妹妹呀！因為太中性了，怕人認不出來，所以名字就是妹妹呀！」康老闆爽朗的笑著。

康老闆接著問：「你說了老半天，到底這基金會是幹嘛用的呀？」

「！」原來我口沫橫飛，老闆根本沒聽懂！

就這樣「摩埃文化基金會」即將要開始成立運作了，這是一個鼓勵人創意創作的基金會，只要你有很棒的創意，想要展現些什麼，就可以獲得贊助，如此這般，簡單明瞭。

這動機，純粹是因為想到我弟弟，也想到這個學歷掛帥的世代。在這世代的教育體系下，他似乎是個成績不好的失敗者，但是我想，不一定要考高分拿好成績，任何努力創意與奮鬥，都應該被支持。

而從妹妹做的駭客實驗結果也發現到，學歷高不代表收入高，但是收入也不能代表成就。

小販努力賺錢照顧了家人就是一種偉大，販賣出幸福口感的小吃讓學生下課飽餐一頓也是種成就，學者發表了突破性的醫療成果是成果，作育英才也是種福報。

價值觀扭曲的世代，成功應該被重新定義，或是不能被定義，收入對調或許是個有趣的比較觀點，挑戰人們的價值觀，衝撞了觀念，當然也會破除了平衡。

我想學校或許不該讓妹妹退學，因為放這位恐怖駭客出去的風險可能更高，但是不處罰，那麼造成的社會亂象或失衡，似乎也不是一件值得鼓勵的行為。

基金會亦正亦邪，或許國稅局在富人眼中是壞人，基金會背地裡洗錢、成就私欲是壞人，但是釋出大量捐款時是好人，或許收到國家補助津貼的人認為政府是好人，但是在他們也要繳稅的那一天，又覺得國稅局是壞人。

任何事情都有正反兩面，而你說的反面，或許在別人的定義下是正面也不一定。正反之間，假假真真，對對錯錯。

那天我回到家中，發現有我的信件。

兵單寄到了，我想研究的一切要暫停了，也好，在面對二十億外加一個基金會。

我需要時間思考與沉澱。

08

The Period of Wasting Time
專程浪費時間週期

很快的就進入軍中了，被分派到離島澎湖之後，才知道原來所謂的「外島」跟「離島」這兩個名詞分別，就是「外島」加給比較多，「離島」加給相對少，但是一樣是被放逐在一個雨太大、霧太濃，船就不開，飛機就停飛，然後返台假期已經開始計算，你還是困在島上的囧境。

聽完父親哲學式的當兵行前教育，再換叔伯舅公等等大量男人的當兵意見發表與往事回顧，我終於坐上飛機，去過一下他們都曾經度過的日子，我也很想知道，到底是什麼日子，讓他們無法忘懷，我以後會對著晚輩說出類似的話嗎？

不過無論離島還是外島，島上風光真是美到不行，人類越少的地方，也就越單純，越沒有破壞，而軍中因為人太多，所以算是單純島上較不單純的所在。

意外抽到空軍，被笑作少爺兵的我，在馬公基地服勤，沒有了網路，我的一切股票、基金、期貨、黃金、石油的投資，都突然間被迫要改放長期，這也是好事，不玩當沖（Day

Trading），我自動變得很有耐心，所有投資理財，時間都拉開了，思緒也輕鬆很多。

而基金會的運作，久久聽到一次新的進展，也讓我很有看定期小說連載的期待感，阿燦不時會幫我寄一些書本雜誌過來給我，讓我腦袋不忘記繼續保持正常運作，也讓身穿迷彩的我，腦袋還可以有其他色彩。

很多人覺得當兵是浪費時間，因此盡可能打發時間過日子，所以可以說是人生中的「專程浪費時間週期」。

不過有了這週期，才會發現，總是在浪費時間的人，完全無意識自己其實過去生活或許一直在浪費時間，直到他有不自由感了，才有這「浪費時間感」。

有人覺得打線上遊戲很浪費時間，但是喜歡打的人卻覺得平常一些時間真是太浪費，把那些時間拿來打遊戲，或許升級就更快了，虛擬寶物就拿到手了，而好不容易花很多時間升級了，發現有人花少少時間開外掛程式就累積了等級，才驚覺自己浪費太多時間，時間的浪費與否，似乎都是自己說了算，旁人看不慣。

但是一直說當兵浪費時間的人，退伍之後卻又花更多的時間來討論當兵的心路歷程，就像是高空彈跳，跳下去才幾秒，但是這個舉動絕對可以讓你說十年。

我們太多的時間都是拿來說的，而不是真的拿來過的。

而我沒說，卻也寫了下來，如你所見。

老兵們與班長們，知道我們這一票新兵即將進來，安排了很多打掃工作，還有一大堆軍中車輛要清洗與保養，好像讓我們太閒，未來我們就會不聽話，不容易教唆使喚，這就叫作「下馬威」。

當然因為還有很長的時間要待在這邊，任何驕傲難搞的人，也會願意變乖，只希望平順的度過軍旅生涯，而這之中也有人會積怨在心中，等到他變成老兵之後，再來使喚壓榨菜鳥，舒解自己過去的不滿，像是一種「媳婦熬成婆」的感覺，所以我總是猜想這樣的無限循環，是不是一直都帶給人們很多的無奈。

當兵這件事情其實並不太困擾人，困擾的是軍中遇到的人，雖然好人還是很多，但是總是有那麼一些你人生中的貴人出現。或是我此時此刻也可以當他的貴人？

「阿純，去把車子洗一洗！台大高材生，洗車會吧？念這麼多書，最後還不是幫我洗車！哼！」一位德高望重的大班長透過讓我洗車這舉動讓他撫平自己考不上大學的缺憾。

「喂！新來的，廁所馬桶去刷一刷，用菜瓜布刷，知道嗎？明天長官要視察！刷亮點！」一位待退學長可能曾經買不到馬桶刷而懊惱著，我這一刷或許可以帶給他解脫。

有時候覺得自己一路當高材生被大家捧在手心裡，出現在各種誇獎的詞句裡，聽的也挺厭煩了，突然聽到一些負面聲浪，或是很直接的指責我的不對，感覺還挺新鮮的，而那些「什麼！你不是台大嗎？怎麼這個你不會？」的類似話語，過去就已時有耳聞，好像也讓我早就練就了左耳進右耳出的深厚功力。

某一天樂透彩金再度飆高，頭獎有十億元，所有的軍中弟兄都買了樂透彩，也引發大家熱烈的夢想討論。

我猜想或許那位班長抽到樂透，可以開一間洗車公司，專門只雇用高材生來滿足他的缺憾，但是他也一定不會用樂透彩金讓自己退伍重返回學校念書吧！而他的孩子未來大學畢業後，入伍受到欺負，回家跟父親抱怨他總是被長官叫去洗車，聽到類似的話語，不知道他又會是什麼樣的感覺？

可能是惡婆婆欺負媳婦，但是又心疼自己女兒嫁出去被欺負的矛盾感覺。

這段日子，觀察著人們，思考著自己，人類似乎是種有趣的動物，樂透就是讓這群動物有了另一個希望的存在，一個討論自己夢想的機會，也是讓這群動物有巨大改變的開關。

離開了校園，在軍中認識了各種不同背景的人，他們對於中了樂透接下來要怎樣的想法也都不一樣，不過聽了一大堆說詞，還沒出現一個我想要效仿的對象，也明瞭了自己原來是個最顯著的按兵不動實踐者，這二十億，說穿了也只有那額外賺到的一億賭金被拿來成立基金會，除了黑卡與林志玲簽名照，我也沒買其他東西。

我只是常在思索一件事情，其實戶頭有個二十億，每個月又不小心跑出一大堆利息，黑卡又這麼好用，網路資源又超級豐富，要弄出一張醫生診斷證明來躲避當兵真的很容易，或是透過各種交際手腕高層施壓、走後門，把自己安置在一個方便輕鬆的地方當兵也不困難。

但是這些作為是否讓我失去了聆聽這些聲音的機會？

而我真的這麼做了，父母一定很好奇為什麼健康的兒子不用當兵？

謊言，是要用更多謊言去維護，還是說我擔心這麼做有道德的瑕疵？

或是退伍後我才後悔自己早該這麼做了？

思考的同時，我依舊乖乖的在這裡服役，每天早上拿著掃把清掃飛機跑道，手上那只畚箕，總是被澎湖的強烈海風吹得快要抓不住。
專程浪費時間週期，這可能就是二十億都買不到的感覺吧！

09

By The Side of Toy Machine
扭蛋機旁的自然

為了有別於那些叔伯舅公對於當兵這件事老生常談的話語，當兵這段時間發生了什麼事情就不必再贅述，扣完軍訓課的時數後，這不到一年的當兵時光，大概就是幫班長洗了無數次的車子，還有聽了跑道上戰鬥機降落的巨大噪音，外加幾個月才操作一次的投資讓我又滾出了近億元的收入而已。

這些收入純粹就是聽說黃金價格大跌，我就大量買進，快退伍時，新聞報導黃金價格飆漲賣出，地震了，有了災情，就買水泥股票，有空難發生了就買航空股，很現實，很無情，操作不對時，我就用大筆資金炒作一下。

要調整股價的方法就是金額足夠，錢多到一個程度，你就有如外資一般有影響力，原來有錢人是這樣錢滾錢的，但是偏偏大部份散戶投資者都喜歡買在高點，被套牢之後，聖愈聖，愚愈愚，金錢遊戲每天在這世界上運作著，不只是在這個世代，每個世代都上演著。

我偶爾會懷疑自己，是為了證明自己學習投資的效果，還是為了要涉獵那些有錢人有影響力的感覺，明明就不缺錢了，還是繼續投資下去，難道我變得更加貪心了？

阿燦在這一年的光陰中，似乎因為基金會的運作讓他有了寄託，他逐漸脫離了三方公證網站的魔力，也有了與小舒定期聚餐的好進展。

退伍那天中午，阿燦與小舒開了車子來松山機場接我，接到我之後我們就火速的移動，準備直接趕到台北華山文化園區參與一個盛大的展覽。

路上突然有台跑車快速的超過我們，沒想到跑車的天窗竟然有個人伸出頭來向後看，還吐著舌頭，伸手比著YA的勝利手勢。

「是阿虐！」我脫口而出，突然想到這位在海尼根出現過的學長，不到五秒鐘，這輛跑車已經消失在下一個路口，我想阿虐又獲得了一張他的收集。

看樣子一年過了，大家都還是老樣子呀！

我們要前往參加的這個展覽是摩埃文化基金會成立後，補助的第十項計畫，是個超大型扭蛋博覽會。

一位對扭蛋有無限熱情的青年，想要辦一場全世界最大的扭蛋博覽會，讓整個華山園區被扭蛋機台包圍，所有的室內展場，還有室外的草地上都佈滿了各式各樣的扭蛋機，每個扭蛋機都有創意團隊認養，將創意公仔或是商品放入蛋中，供大家投幣扭取。

因為扭蛋對於人們來說是種期待，你不知道你扭下來的是哪一顆，彷彿電影《阿甘正傳》（Forrest Gump）裡，阿甘的母親所說的：「人生有如一盒巧克力，你永遠不知道將嚐到哪種口味。」這樣的驚喜感，總是讓大家可以像孩子一般的笑著。

這個青年的構想與創意，讓我們摩埃基金會願意補助這個計畫，外加上妹妹的電腦功力，成功的在網路上宣傳招商，讓這個展覽活動動員了起來，加上花些錢控制住媒體的播送以及報紙的版面，這場活動被舉行得意外盛大，除了額外創造很多商機之外，更鼓勵了更多創意的團隊，透過扭蛋機來放送很多人的作品。

康老闆還是那樣的隨性與爽朗，被大量媒體包圍著接受訪問，原因是這樣規模的扭蛋博覽會竟然一不小心破了金氏世界紀錄（Guinness World Records），因此金氏世界紀錄的官方評審委員也在現場做認證。

這個世界常常有很多有趣的「驚世」世界紀錄，這些世界之最，世界最高的人，有時候不是要表達你是世界上最強、最誇張，還是最厲害，有些時候是要證明這個舉動是世界最蠢。

史上最多台扭蛋機同時出現不會太蠢，還挺有趣的，不過或許也可以同時締造史上最多人同時一起扭扭蛋、史上最多人同時投硬幣的紀錄，如果扭扭蛋的那個人旁邊再外加一個人搭著他的肩膀，我們又可以締造史上最多人同時被搭肩膀的紀錄，其中又一大堆機台故障有「卡蛋」或是「吃錢」的現象，可能我們又多得到一項史上最多扭蛋機同時卡蛋紀錄。

再者，我們可以邀請幾位人瑞，一起扭扭蛋，又多獲得一項，史上最多位最年長人類同時扭扭蛋紀錄。

不過我很好奇的是，健力士啤酒廠（Guinness）明明就是金氏世界紀錄的創辦人，卻鮮少人稱金氏世界紀錄為「健力士世界紀錄」，當然也沒人叫它「金氏啤酒」，而中國大陸則稱這紀錄為「吉尼士世界紀錄」。

就好像 NIKE，我們稱他為「耐吉」，中國大陸稱為「耐克」。

中國大陸好幾億人這樣叫它，我們台灣兩千幾百萬人這樣叫它，需要少數服從多數嗎？美國人會說 NIKE 就是 NIKE，到印度都還是 NIKE！（就像牛就是牛，牽到北京還是牛！）

不過我確定的是，曾經看過「雪碧」的大陸山寨版，就叫「雲碧」，這一點就不需要討論了。

不知道是當兵後變笨了，還是今天太陽太強烈，這時我腦裡又開始徘徊著我每每都會感到疑惑，卻不得其解的一件事情，無論是我念到台大，還是成為億萬富翁，我也還是不明白那些翻譯的古怪演變與語言學的眉角。

John，明明念作「囧」，但是我們翻譯作「約翰」；Caesar，明明就念作「吸捨」，我們稱它為凱薩，為什麼？古人說的算，還是多人說的算？

雖然後來知道約翰的希伯來文意思是「耶和華是仁慈的」，而在阿拉米語（Aramaic language）中 Yohanna 發音像「約翰那」所以才會翻成約翰，那麼那個「約翰那」的「那」又跑去哪兒了？

麥克喬丹也有書本翻作「米糕佐敦」呀！

腦袋一直發想一直不斷延伸，可能唯有「想像力」不需要考試，總讓我肆無忌憚的揮霍，而每每思考到死胡同，覺得自己開始變蠢，我就又清醒了，知道這是基金會舉辦活動的現場，人潮是如此擁擠，太陽曬昏了我，害我思考到奇怪的境界。

不過，今天陽光如此強烈又燦爛，頭髮都還沒變長的我，只是一個剛退伍的小屁孩，知道基金會有這樣的成果，也間接鼓勵到很多人，我內心扎實的感到開心，這賭金竟然可以有不同的作為。

在會場人擠人的盛況下，阿燦與小舒不知道被哪一個攤位給吸引過去了，我獨自走著，發現了海賊王公仔模型的扭蛋區塊，而扭蛋機旁邊站著一位女孩，頭髮披肩的背影，很美麗的存在著。

海賊王漫畫太過受歡迎，這個區塊人滿為患，我看得不太清楚，只能努力的擠過去，想多看一眼。

我走過去，看到側臉，發現竟然是曉曉，那位曾經讓我充滿好奇的女孩。

我只知道在海尼根認識的她是撿到鯊鯊的人，長期在國外工作，看著她的側臉，表情非常自然的笑著。

氣質是我第一次遇見她的感覺，自然則是氣質後的進化延伸。

這邊所謂的非常自然是怎麼下定義的呢？

人的美麗與帥氣，常常也會像是玩股票一樣，聖愈聖，愚愈愚，長得宅的男生，可能習慣宅了，最後放棄外表與社交技能，完全不再注重自己的外表，這件 T-shirt 紮進運動褲裡比較方便即可。

而帥哥因為常常被誇讚，自身也會知道自己的優勢，因此會注重自己的儀容，會買讓自己更加加分的時尚單品，頭髮也多了髮蠟塑型，那件襯衫也讓自己更幹練了，說話方式也會有一些帥氣，不知道是耍帥，還是物種的天然演變，帥哥說的話跟阿宅說出來就是不一樣，就像是同一個笑話，帥哥講出來叫作風趣，阿宅講出來叫作變態一樣。

女孩也是一樣，漂亮的女生也會越來越漂亮，越來越懂得如何讓自己更加耀眼，也會熟練的在肢體中展現美麗，或是笑的時候淑女的用手掩蓋自己的嘴。

這些定律是不管在哪個世代都適用，注重心靈的越穿越實用，練瑜珈的越穿越寬鬆，有人摩托車會改裝，有人就會學彈吉他，大家都往自己在行的地方、可以讓自己更加發光的地方發展。

而曉曉這樣在人群中頗為耀眼的女孩，笑容是大剌剌的，純真的，那種自然的感覺彷彿有些違反這樣的規則。

這樣漂亮的女生，應該是會塗指甲油、會常常縮下巴自拍照片，然後上傳到網路上的人呀！但是不知為什麼，她流露出來的感覺卻是異常的自然，那些有一點點做作的舉動好像都不會發生在她身上。

那樣莫名的自然表情，讓我看得很入迷，好像她就是一位大笑起來不會用手遮住嘴巴，不會有一絲做作行為的人。

沒有刻意形象的好形象，我就稱它為自然。

好像任何心機都不會發生在她心裡一般。

曉曉當下果真就大笑了起來，與旁邊的女性朋友談論著扭蛋機，瞄了一眼，發現是復活節的喬巴系列扭蛋。

她的笑容燦爛無比，我走過去正想跟她打聲招呼，連台詞都想好了，我要問她是不是康老闆邀請來的，還有是不是喜歡喬巴，這些或許都是破冰的好台詞。

人群擠來擠去，突然曉曉與友人就這樣掉頭走掉了，而我被擠過來的一群人給擋住了去路，曉曉的髮梢好像有著慢動作的在我眼前播放，我來不及打招呼，這樣謎樣的女孩再度引起我的好奇，我也只能看著她的背影逐漸消失在人群中。

不過嘆息之餘我也有一點慶幸，剛退伍這很拙的阿兵哥髮型，或許不是我的最佳狀態，想進一步認識她，我應該還沒準備好吧？

會這麼想，難不成我已經對她有好感了？是好奇還是好感呢？好吧，我承認是因為有好感所以好奇，也是因為好奇而產生好感，這兩者只有加成效應（Additive Effect），而無拮抗作用（Antagonism）。

今天人擠人，果真是符合「擠你死」（Guinness）世界紀錄呢！擁有億萬的我，在愛情面前，其實還是身無分文。

10

星星的殞落

Falling Stars

剛退伍的我，應該要像這世代的大家一樣，在這世代的洪流中繼續挺進，找到工作，努力工作，不輕易放棄工作，這樣就可以不被稱為草莓族。

而很巧妙的是，這世代雖然有著很多前人種樹，後人乘涼的幸福印象，實質上卻有很多的前人砍樹，我們溫室效應的實際慘況，像是通貨膨脹、房價高漲、高學歷低成就等等，但是這世代卻是多了一條出口，開始有了打工度假（Working Holiday）這個簽證可以使用，青年們有了一個機會去國外體驗，好好的利用空檔年（Gap year）來給自己多點成長的養分，這個背包客行為，似乎逐漸變成一堂背包「課」，這世代開始流行起利用旅行來增加自己閱歷的方式。

可能因為有著花不完的財富讓我短期間沒有找工作的動機，也因為至今我都沒有把這筆財富發揮淋漓盡致的能力，讓我也想要有個空檔年，用背包客的方式去國外看看，或許可以給我更多的想法，讓我知道這筆財富的運用方式；我也想要去了解其他世界運作的法則，對那些東西我有很多的好奇與想像，但是我知道再怎麼說些冠冕堂皇的話都一樣，很難說服我的家人。

我總不能直接跟他們說，我有二十億，外加一些不小心又投資成功的好多億，所以我暫時不需要工作吧！

完整的報告書與投影片簡報，再度派上用場！

我想應該很少有人會把父母當作老闆與客戶那樣，好好的西裝筆挺為他們做一場完美演出的簡報，用詳盡的計畫與目標方案來讓他們明白，我是去玩真的，而不是真的去玩的。

但是從說服康老闆成為基金會董事的過程中，我發現這絕對是個好工具，對教授可以，對康老闆可以，當然可以用在自己父母身上。

聽完簡報後，雖然母親還是諸多反對，但是相信那完整的計劃書與找他們開會的正式感，確實可以說服父母。

父親用那哲學式的口吻說：「好吧！你竟然都規畫好了，你就去吧！人生很多時候，父母不太能幫你些什麼，很多事情你要自己去找尋答案，去程機票爸爸可以幫你出，但是回程就要看你自己的造化了！」

聽起來很像一位少林師父說：「你下山之後，一切就靠你的造化了，阿彌陀佛！我佛慈悲！」

得到許可的那一天，夜裡家中接到警察局打來的電話，弟弟在夜店跟一群人一起被捕，罪名是疑似持有大麻，後來因為證據不足，得以被我們保釋回家。

父母親都傷心極了，母親有違以往的嘮叨，反而沉默不已，默默的掉眼淚，父親在弟弟房裡深入懇談，我在房外站著，顫抖著身體，氣憤不已，也非常的痛心與無奈。

依稀可以聽到父親哲學式的話語：「你知道你媽有多傷心嘛！我知道你本性不壞，我知道大麻在國外是合法的，但是國內法律不允許呀！你怎麼這麼傻呢？你是不是交到壞朋友呢！我們養你教你，後續造化只能靠你自己了呀！」

深夜裡，家中非常的安靜，只有淡淡的聲音傳出來，是弟弟打線上遊戲的聲響，我走進他的房裡，想與他聊聊。

「怎麼？換你來教訓我？我可不想聽！」弟弟的說出的每一個字都充滿著不屑。

我看到了一旁角落堆放著我送他的ＤＪ唱盤設備，已經有了厚厚一層灰塵覆蓋著，我緩緩的問道：「還有在玩這ＤＪ設備嗎？」

「沒啦！哪有空玩！我打怪都來不及了！」弟弟還故意提高音量。

禁不住心裡突然累積的憤怒，我舉起那堆ＤＪ唱盤設備就往地上砸。

大聲的碰撞聲響在寧靜的夜裡格外響亮與震撼，弟弟被強力的聲響驚跳了起來，驚嚇地望著我，有著好像從來都不認識我的表情。

ＤＪ設備在地上散裂了開來，很多電線與電路板都露了出來，其中一些外殼碎片剛好割傷了我的小腿皮膚，默默地滲出了血。

可能從小到大弟弟還沒看過我發這麼大的脾氣，他的眼神突然變得相當的清澈，還包含了驚嚇與慚愧的混合目光。

父母被聲響給吸引了過來，看到我的小腿不斷的流出血來，母親大叫了一聲趕緊把我拉去處理傷口，父親也睜大眼，說了一句：「本是同根生，相煎何太急！」

雖然內心有著沒能在父母身邊陪伴他們，還有沒能為他們好好管教弟弟的難過心情，但是對於出國這個目標，還是非常的堅定，而與弟弟鬧僵後，短期之內，我還不想面對他，不想看到他窩囊的模樣，我就這樣踏上任性的旅途。

簡便行囊中除了有康老闆、阿燦還有小舒他們合買的紀念睡袋之外，還有一台筆記型電腦與一些證件資料。

畢竟還有這億萬財富還需要被我管理，包含了人頭帳戶、黑卡資料、還有一大堆尋求摩埃基金會贊助的計畫書等著我看，我的身影越是單薄，反而越是安全，因為我的模樣實在就是看起來非常沒有錢的年輕人。

就好像很多穿著短褲汗衫的老先生，他們騎著破爛摩托車去看房子，或許不會得到像是開名車穿西裝的客人那樣的禮遇，但是其實真正會下訂單買好多棟的，都是這種曖曖內含光的土財主，也就是真正的「好野人」。

我就是效法這種模式，越是簡單，也越為安全。

但是矛盾的是，飛出去的第一天，我就飛到了杜拜，住進了七星級帆船飯店，不是為了享樂，而是有種叛逆的心情湧上心頭，錢怎麼也花不完，雜亂的情緒就像是那台躺在地上的ＤＪ唱盤設備，破碎也散亂不已，我把自己搞得好像暴發戶似的，還買了藍寶堅尼的跑車，在杜拜胡亂的開著。這完全不會是正常阿純會做的一切行為。

在進行這些暴發戶行為時，感覺還蠻飄飄然的，彷彿世界都臣服於自己腳下，所有的一切垂手可得，錢只要足夠，甚至連車都不用開了，直接有直升機可以載我到任何地方。所有的人都恭敬的服務著我，還有保鑣跟著我，黑卡在此時發揮了很多的效用，似乎不用刷，光拿出來就可以獲得很多的善待，我也才發現原來杜拜這樣的地方，有黑卡的人似乎還不多，還有這個現實的世界是多麼的膚淺，所有的尊敬都是尊重那存款裡的一道數字。

環境果真容易改變人的行為，外表穿著太過於普通，似乎走到那些富麗堂皇時，我都覺得自己很突兀，果然這不是我的世界，不過好險平常沒事會翻翻GQ雜誌，很快的我就可以買齊那些設計名家的名牌行頭，至少讓我看起來別與保鑣的西裝有那麼大的落差。

在豪華的飯店中，各式名牌的商品也隨手可得，一通電話，就送到飯店為我量身訂作，我躺在大如游泳池的浴缸中，看著偌大螢幕中的電影，手邊有著昂貴的香檳與一大盆的熱帶水果，然後滿滿的孤單與寂寞，完全不知道自己在幹什麼。

好多感受湧上心頭，頹廢弟弟的模樣、當兵累積的不自由、不知所措的未來、一堆我不知道如何駕馭的財富，台大的光環，太多的想法流動在我腦海，伴隨著酒精的催化，我獨自一人啜泣著。

我把頭埋進浴缸中，突然所有聲音都消失了，只有水中壓力的感受，安靜的很和平，我的心情也逐漸恢復平靜。

好像在實驗什麼似的，我好像再度確認了自己早就知道的一些事，錢無法填補內心的空虛與難過，而獨自擁有也沒有分享來得快樂，短短三天漫無目標的奢華旅程，我好像站在世界的頂點，但是卻覺得自己像是個爛泥。

在網路上刷了張機票，那一大堆亂買的名牌全都留在飯店，剩下 T-shirt 與牛仔褲，我把停車場上的藍寶堅尼轉送給了那位客房服務禮貌的老先生，他的禮貌與專業，值得獲得一台跑車。

然後抓起了我的背包，裝著好朋友們送我的睡袋，我飛往了泰國。

才三天，真正像億萬富翁的夢境生活，在我內心深處並沒有特別的興奮美麗，七星級的閃耀並沒有特別的絢爛，反而在我心中如流星一般的迅速殞落，其實就算是鑽石，沒了意義，其實也不過是顆石頭罷了。

11

消逝的億萬富翁們

Disappearing billionaires

泰國曼谷的考山路（Khao San Road），是背包客聚集的所在，很多的民宿與旅店，大量的貨幣交換所與旅遊公司，滿路都是各國遊客，小販也都會講英文，我突然發現泰國完全比台灣還要國際化，這個觀光勝地不斷的向世界招手，湧入大量的觀光人潮。

我想去過泰國的外國人絕對比去過台灣的人數還要多，或許去過「清邁」的台灣人也比去過「清境」的人數還多呢。

到了這邊之後，我走進一家又一家的旅店探訪，就想找到一家最便宜而且最簡單的所在。或許是故意的，想在離開杜拜後要有極致衝突感，要讓自己極為簡樸，也似乎想要證明些什麼似的，想告訴自己，我越是有錢，我越可以不需要物質生活，所以每當問到一家很便宜的旅店後，我總是覺得還不夠，我要「最」克難的！因此又不放棄的繼續找下一家，即使老闆都已經願意給我更好的折扣時，我還是覺得不夠。

直到問累了，被一家招牌寫著 Number One 小店的咖哩香味給吸引，突然讓我想起海尼根老闆也曾經煮過的泰式咖哩味道，讓我很有歸屬感。

我就點了碗綠咖哩飯，外加一杯香蕉牛奶，結果吃了一口之後驚為天人，這盤50泰銖的咖哩飯竟然如此好吃，勝過杜拜帆船飯店裡客房服務的萬元餐點，這種衝突感我太喜歡了，也覺得50泰銖的幸福，就是如此簡單又如此珍貴。

詢問了老闆娘這附近是否有便宜的旅店，老闆娘竟然告訴我，她樓上有給人出租的小房間，一個晚上只要80泰銖。果真是 Number One 便宜，符合店名，餐點也 Number One 地好吃。

泰銖匯率與台幣接近，折合台幣約為80元的旅店，真是讓我大為驚奇，毫不猶豫我就訂了一個禮拜，沒想到還可以附送一天免費，拿了鑰匙走上去之後，我看到畫面都笑了出來，那個門純粹就是用一顆小鎖頭鎖在門旁的小鐵片上，其實那樣的鎖門方式，應該稍微用點力踹一腳，門就會開了，鎖門也只是形式上的鎖吧！

房內只有一張鐵框架的床，上方有著薄薄的床墊，還有一個簡易式的小書桌與一台電風扇，衛浴設備則是用樓下的公用廁所，這一切的一切，其實也就足夠了，要舒服活下來，其實也沒多大困難，況且樓下就有超便宜美味佳餚，沒有什麼可以抱怨了，要抱怨的話，我只想說那床單花色真的非常的醜。

或許是因為便宜吧，這樣的旅店竟然還有很多房客呢，透過隔音極差的隔板，我大致可以聽出來附近鄰房都住了人，我房內電風扇因為插頭接觸不良，偶爾會停掉，我蹲在那邊調整了好久，也因為蹲在牆邊，讓我發現了腳邊隔板上有個破洞。

往洞內一望，沒想到就清楚看到隔壁房了，隔壁鄰居是一位上身赤膊充滿泰文與梵文刺青的男子，正在呼呼大睡，他的模樣既兇狠又狼狽，就像是因為做了壞事要先跑路避風頭，才躲進這個80元旅店一樣。

我拿了個深色塑膠袋往破洞一塞，算是把洞補好了，電扇調好了也就有風了，可所謂解決了「空穴」也搞定了「來風」，因此心滿意足的住了下來。

這幾天的曼谷探索，我非常充實的去騎了大象、看了水上市場（Damnoen Saduak Floating Market），還去學了泰拳，目前臉上還有一顆大黑青，那天午後我待在旅店吃紅咖哩配木瓜牛奶，內心想到自己明明有億萬的財富，卻衝突的在此愉快簡單生活，莫名的成就感湧上心頭。

Number One店內電視正撥著CNN新聞，新聞內容似乎引起了店內所有人的騷動與討論，連那位隔壁刺青跑路大哥也在關注，我好奇的走近電視一看，奇怪的新聞已經播到一半，我也只聽到了片面，由於是台灣發生的新聞，因此禁不住好奇，我回房間拿起了筆電上網查，奇怪的新聞這樣充斥著版面：

『新犯罪手法，只針對億萬樂透得主下手，目前五人受害，屍體遭分屍。』

『智慧型歹徒利用駭客技術，滲透各種網路社群個資與銀行交易紀錄，找出近年來億萬樂透得主並加以殺害……。』

『樂透主辦單位擬暫停開獎，以免更多得主受害……。』

『本月連續兩期樂透得主未現身領獎……。』

這！什麼啊！億萬樂透得主死了五個？

在這個媒體小事化大，大事化炸的世代，雖然媒體總是有誇張與放大的嫌疑，但是也因此傳播迅速，台灣的新聞竟然上了國際頭條，可見這事真的大到炸開了。

傻眼的我，瘋狂的透過網路來取得所有資訊，這就像是一位聽到醫生說，你得了重症之後，你會瘋狂的對這個重症瘋狂的研究，因為心（忄）中空（白）就叫「怕」，為了補償那空白，平時念書再混的人也都開始用功了。

自己也是億萬樂透得主，而且還是史上最高金額，我想很快就會被歹徒關注了吧，突然多了這萬般擔憂的煩惱，再好吃的咖哩也食之無味。

記得國小時期，由於一直都拿著第一名，在師長眼中我就是位模範生，一次放學排路隊回家的路上，與一位同學起爭執，彼此打了起來。

已經被這第一名光環框住的我，就像是孫悟空的緊箍咒，我竟然不擔心我有沒有打贏，甚至到底為何起爭執我也忘了，我只擔憂著，我打了架，是否會影響我模範生的地位，因為模範生應該是品學兼優，模範生是不打架的，從小就被這扭曲的卓越給限制了，打完了架，回到了家，剛好遇到週末放假，那個假期我完全都被沉浸在煩惱中，悶悶不樂。

會不會影響五育中，德育的成績呢？會不會有人跟老師告狀，我會被處罰呢？那位同學是不是很討厭我？

人生很多時候的煩惱，其實在人生漫漫長河中來看，都是小小的漣漪罷了，但偏偏每次那小漣漪在當下卻是在心田震盪不已，暗潮洶湧。

後來什麼事情也沒發生，隔天我在福利社撞見那位與我打架的同學，我買了一瓶輕鬆小品——香草牛奶，兩人馬上就稱兄道弟，展開了笑容。

長大後，回想一下那煩惱，根本就是小事中的小事，微不足道，每一張模範生獎狀，都只換來家人當年驕傲的榮耀，其實對我人生似乎一點幫助也沒有，卻讓我苦苦經營。

就像當年輕鬆小品——香草牛奶這飲料，非常好喝，但是現在再也買不到了，很多榮耀很多甜都是留在當下，未來拿來說嘴，只能說壞漢在提當年勇。煩惱、榮耀、飲料，都一同消逝了。

我現在突然好想喝到當年的那罐鋁箔包啊！輕鬆小品——香草牛奶，為什麼好東西總是會消失呢？麥根沙士也超棒，但是便利商店總是沒有，只有偏僻的販賣機與冷門的量販店才有賣，或許我該動用富翁力量，花個大錢，把這些愛喝的商品重新量產上架到7-11吧！泰國的7-11也不放過吧。這是樂透得主會有的暴發戶心態嗎？

樂透得主不斷被殺害，會不會也是現在的暗潮洶湧，未來的微不足道呢？現在擁有再多的錢，好像也買不起內心的平靜，這就是擁有這筆意外財富的原罪嗎？

任何的煩惱都有優先順序，假如你一直煩惱錢不夠用，然後剛好又被老闆責備，煩惱倍增的同時，你突然頭痛欲裂，相信當下錢夠不夠用、老闆兇不兇已經不再是問題，你當前的最重要事情是，把頭痛欲裂給消除。

而現在我在想的，不是黃金價格漲還是跌，投資的那一大堆基金股票今年配息如何，窩囊的弟弟是不是又在闖禍，基金會又贊助哪些人，曉曉有沒有男朋友，阿燦跟小舒在一起了沒，億萬財富如何支配使用，泰國之旅之後，我又該何去何從，現在我的頭痛欲裂就是這個奇怪的歹徒，到底他會不會找上門來？我又該如何應付？

美國有位作家亞當斯（Adams），追蹤多名樂透得主，發現大部分樂透得主最後下場都很淒涼落魄，最後出版了一本《十大恐怖樂透故事》，我想台灣這奇怪的樂透得主謀殺案，加上CNN的加持，等亞當斯出版第二集的時候，或許可以把台灣的案例寫進去。

話說，得到樂透是恐怖的事嗎？當年在吼叫研究室對中了樂透，在實驗室還昏倒的我，擁有了這筆財富後，我到底又擁有了些什麼？我最後會變成亞當斯筆下的恐怖受害者嗎？

煩惱果真是奇妙又有威力的事情，煩惱讓人憂愁，煩惱讓人發瘋，煩惱讓人成長，煩惱讓人茁壯，煩惱這回事歷史也有多項紀載。

伍子胥過昭關，一夜急白頭。

另一個更厲害的案例是在南朝時期有一位叫做周興嗣的人，他還有個封號叫做「敕員外散騎侍郎」，感覺就是員外騎馬時陪在旁邊的騎士。

聽說他被梁武帝逼迫，要寫出一千字完全不重複的文章來抵他當時犯下的罪，雖然不知道他是犯了什麼罪，但這位騎侍郎還真的寫出了「千字文」，實在太有才華了，只是在擔心問罪的緊張下，創作過程竟然讓他一夜白了頭，這篇文章還跟《三字經》、《百家姓》合稱「三百千」，甚至被當作學習漢字的教材，後世大量的書法家都搶著書寫這一千字。

剛好現在也有位姓周的先生，創作也變成了學校課本，也有大量的人唱著聽著他的歌，他叫作，啊唷啊唷，周杰倫！

古人就是這樣影響著我們，而我們也在改變未來的人們。

看樣子背負這煩惱的我，要嘛默默等待遇害，要嘛我就要想辦法面對，在這世代考卷已經寫了數不清多少張了，也不差這一張，只是這一張可能要寫很久。

窮的人煩惱沒有錢，有錢的人煩惱沒有閒，貧賤夫妻百事哀，萬貫家財心靈衰，不管你擁有什麼樣的口袋，煩惱永遠還是會被裝進腦袋。

12 純粹回擊吧！
Just Fight Back!

瘋狂爬梳了大量的網頁資料，我發現這個歹徒是從這一期樂透得主開始，按照順序逐一地向過去的得主進行人肉搜索，只鎖定億元以上得主，導致突然間千萬得主比億元得主還要幸運，沒了生命危險而且還是很有錢，從這歹徒只針對台灣樂透彩來看，推估是台灣人沒錯，這個世代的奇怪，又被這位歹徒給加註了一筆傷口。

呼！我該停止胡思亂想，我應該要有系統的歸納，才是好的風險評估，就用學校教的，也是Albert Humphrey 提出的SWOT（強弱危機分析法）分析吧！雖然這是用來做市場營銷評估，但是我暫時也想不到其他方法，就用個人主觀的認知來猜想吧。

Strengths（優勢）

- 別謙虛了，總是第一名，聰明如我，我要是卯起來想想保命之道，我想也不會太差。

• 案件已經被新聞報導出來，警方也開始追緝，雖然還未鎖定具體嫌疑犯，至少此行為開始被關注，其他樂透得主也可以更加小心防備，再度犯案難度增加。

Weaknesses（劣勢）

• 目前敵暗我明。
• 我目前人在國外，得到樂透之後，並無明顯的搬家、購買高金額商品等動作，加上很多戶頭為人頭帳戶，應該不易找尋，但是前提是，假如歹徒的資訊直接來自於發樂透獎金的銀行，那就容易被鎖定了。
• 歹徒似乎是智慧型犯罪，無論智慧與否，他至少掌握了資訊，才能夠找到這些樂透得主，目前我的資訊只有新聞，我需要更多資源才是。

Opportunities（機會）

• 在我得到樂透之後，後續又產生了十三位億元頭彩得主，最後五位已經按照順序罹難，罹難時間平均大約間隔一個月，因此推估兇手需要一個月時間來進行搜索行動，按照這個進度還要八個月才找到我。我有約八個月的緩衝時間。
• 目前新聞報導只說到樂透得主罹難，週遭家人與朋友並無受害，至少我身邊的人較無危險，可算是鬆了口氣。

Threats（威脅）

- 同 Weaknesses，歹徒具有人肉搜索能力，也掌握了資訊。
- 樂透得主身分，又是最高彩金，這身份就是最大的威脅。
- 歹徒只針對得主加以殺害，並無奪取財富加以使用的情況，因此無法從金錢流向來反追蹤歹徒，也可以得知歹徒應該是有異常的人格與心理特質，不為錢財，只關注得主，目前得手機率 100%，是個狠角色。

簡單分析了一下現況，我就在那一晚80元破舊小房間裡，開始把它當成我的戰情室。

總是可以看到電影影集裡面，FBI、CIA、LAPD、越獄、特務、竊賊、恐怖分子，為了追查兇手、為了達成目標、為了完成使命，都會在牆面上貼著地圖還有大量的剪報、情資，並且拉上很多條關聯線，非常專業，也非常投入的偵查著。

但是如今我必須也要如此偵查的時候，我才發現，其實一本筆記本、一台電腦就夠了，一個資料夾，裡面滿滿的資料與參考文獻，不就像是寫論文一樣嗎？來不及抄的，用手機或相機拍照即可，好像也沒那麼複雜。

原來那些整面牆資料的畫面都是在拍電影好看而已嗎？為了那激進的嫉惡如仇的正義，或為了表達長年的瘋狂努力追緝，不然就是他們不太會使用3C產品這些工具。

再者就是，或許特務們喜歡紙張、地圖，實體文獻，摸得到的比較有人情味？所謂沙盤推演，真的要用沙子比較有感覺？就好像抽菸絕對比抽電子菸過癮？

我想他們應該是會直接去賭場擲骰子的那種類型，也不會像我這樣透過網路三方公證賭場，虛擬的下注吧！

Anyway，坐著無法等待新台幣，也不要坐以待斃，身為被殺害候選人之一的億萬樂透得主，我決定主動回擊。

我清楚明白我需要額外資源的幫助了，我馬上想到了那位超強網路高手，看不出是男是女的那位「妹妹」。

很多保險業務員跟傳直銷的事業商總是愛說：「人脈就是錢脈」，不過此刻我卻覺得「人脈就是命脈」更為貼切，就有如當你與技安很要好，那麼應該也比較不會被霸凌；如果你的好友是郭台銘，那麼你也不會擔心被炒魷魚。

由於80元戰情室白天實在是太熱了，加上亂連到的免費無線網路越來越不穩定，我只好移駕到資源更豐富的所在。

曼谷大學建校於一九六二年，是泰國建校最悠久，最有名氣，也是規模最龐大的私立大學。

它的學校圖書館就是個巨大的資料庫，加上快速的學術網路，與涼爽的冷氣，我一連幾天都埋首在這裡。

開始著手撰寫調查計畫，也找到了幾本原文的犯罪心理學來研究；查閱新聞媒體的訊息，也撥點時間審閱基金會裡的投稿計畫書，似乎讓自己忙碌就是種舒壓方式，暫時讓自己覺得一切正常，好像幾個月後我並不會是歹徒的目標一樣的平凡度過時光，但是每每想起這個煩惱，不免還是讓自己隱隱作痛。

真不敢相信退伍後應該是好好看這個世界、好好找到自己往後的路，或是好好的管理億萬財富的我，竟然在此時此刻，把生命泡在泰國的圖書館，始料未及。

有時候想著想著覺得很灰心，也很懊惱怎麼會有這種事情發生，只殺害億元樂透得主，也太扯了！

這樣煩躁沮喪心情上心頭時，我就會去找館內的國際學術期刊，翻到了自己在研究所時期發表的研究成果，看它們工整的印在知名的期刊頁面上，上面的名字與圖表，都讓我找回了一些成就感與信心，畢竟點數等級再高，再困難審閱的期刊也讓我投稿成功了，或許很多事情並不是那麼困難。

而此時我好像也明瞭了，為什麼很多長輩們喜歡把自己受到縣長頒獎的照片裱框掛在牆上、某個金牌獎座總是擺在電視櫃上，還有把自己參加馬拉松比賽的背心當成居家服。

希望自己看到、自己懷念起、別人能看到、別人能提及，或許人很多的脆弱，都是要用自己強悍的一面來保護，用自己感到肯定的方式為自己打氣。

那麼當完兵剩下的一張嘴，可能就是為了說出在失去自由的鬱悶日子中不能說的，這是找到勇氣的方式，也抓住自己曾努力曾輝煌的青春。

雖然埋首這些工作只需要用自己的筆電，但是要查詢館內資源時，必須要改用公用電腦，而我卻發現鍵盤上只有英文字母與泰文字，這種感覺倒是非常新鮮，看著泰文印在鍵盤上，我一個字也看不懂，手指輕輕的摸著這另一個國度的文明，明明是一樣的電腦，一樣的知名搜尋網站，但是所有的文字都不同了，讓我不自覺得笑了出來，這種奇妙的感受，為何我在一樣是異國的杜拜感受不到呢？還是我被金錢蒙蔽了雙眼？

研究累了，就去附近的一間泰拳訓練場練習打拳擊，說是發洩也好，運動也罷，自律的活動讓我保持該有的活力，也幫助我在煩惱中可以順利入睡。

東方臉孔的我，其實只要穿著短褲拖鞋，看似還算融入，至少沒有太多奇怪的眼光，偶爾雙手合十點頭道謝：「口睏咖！」（謝謝的泰文念法：ขอบคุณ）就更自然了，孰不知我只有這句會講，特別還練了口音。

為了需要團隊的力量，我把自己當作一位贊助尋求者，計畫成立一個犯罪調查團，專門調查億萬樂透得主被害這個案件，打算匿名向自己成立的摩埃基金會提出申請。

一來想向朋友們保密我樂透得主身份，二來想看看自己寫的計畫可否被接受，三來也想看看基金會運作的方式與能力，最重要的就是要借重基金會裡妹妹的網路能力，幫我找到兇手。

當然我自己寫的計畫書，我絕對不會自己審核，這是我向來考第一都靠自己，絕不關說、絕不走後門的堅持與格調，所以這幾天把我批閱計畫書的結果用電子郵件寄回去基金會後，我就告知他們我暫時不參與基金會計畫書審閱工作了。

13

旅人的追尋 Travelers' Target

每晚在 Number One 樓下繼續吃著咖哩飯，都會遇到很多各國來的遊客，當然他們都住在考山路上的民宿與旅店，只是這邊的食物香氣太過逼人，路過的人都會忍不住停下來吃個一盤，或是來杯水果奶昔。

生意太好，導致座位有點不夠坐，常常要去跟別人擠一桌，也因此常常與許多外國遊客聊了起來，聽到了很多人生閱歷與故事。

一位愛爾蘭老夫婦湯姆（Tom）與安琪拉（Angela），專程來泰國找兒子玩，由於兒子在愛爾蘭什麼都做不好，反而因為一趟泰國行找到了自己的春天，經營了一家酒館，而且與泰國女子共組家庭，非常快樂，老夫婦也為兒子高興，每年都會來泰國看看兒子。

老夫婦說明，有些人或許在自己國度的社會是中下階層，或是鬱鬱不得志，或許換個國度反而真正適合自己。

而且他們還說到了一個重點，外國臉孔在亞洲國家生活，還挺吃得開的！因為亞洲人普遍崇洋，反倒是愛爾蘭人在英國，其實相較於英格蘭、蘇格蘭、威爾斯，其實稍稍有那麼一點屬於弱勢族群，受到些許歧視。這又與脫離羅馬天主教的英國人，在過去歷史中歧視堅守天主教信仰的愛爾蘭人有關係。

總而言之，可以體會到老夫婦的兒子，在這看似平等但是仍然有種族歧視的世界中，想找到一個自己認同的社會地位與環境的想法。

另一次遇到了一個瑞典男子派柏（Piper），他卯起來在旅行，預計花個一年半載到處遊玩，已經踏遍非洲各國與東南亞各個國家，也準備在旅行中，飛到澳洲去學開直升機，想要未來成為一個直升機駕駛員。

去澳洲考直升機執照的唯一原因就是，在瑞典考比較昂貴，因此他繞了好大一圈，追尋自己夢想，也順便完成看看這個世界的夢想。

旅程一路上，他也去探索各國直升機的歷史與演進，他對我說到，他最喜歡就是南非的茶隼式戰鬥支援直升機（Rooivalk Combat Support Helicopter），不為性能也不為歷史典故，純粹是因為他小時候父親送給他的第一台模型直升機就是Rooivalk，這也是他愛上直升機、前往非洲找尋Rooivalk，甚至未來把開直升機當作畢生志業的原因。

而來泰國純粹就是來參訪皇家泰國空軍博物館（Royal Thai Air Force Museum），想好好看一看暹羅發展航空工業以來的各種航空設備。

另一位台灣女孩小倩也跑來曼谷旅行，因為過兩天她就要前往泰北擔任志工老師。

除了包包裡塞了好多鉛筆要拿去給當地的學生，她還說她此行的目的是要與志工團體一起輔導當地婦女製作「布衛生棉」。

原來物資缺乏的泰北，竟然連衛生棉都要重複使用，這個布衛生棉運動反而是環保又衛生，確實改善當地婦女疾病的好方法，甚至歐美也漸漸引進此種風潮。她還跟我解釋市面上衛生棉常常含有化學物質，所謂的防側漏其實都是利用塑膠材質的特性，反而比較不透氣容易滋生細菌……。

雖然我不是女生，只是聽她一說完，還真覺得她正要去做的事情很有意義，而她飄洋過海來執行這個活動，熱情的眼神讓我相信她絕對可以成就些什麼，並且收穫滿滿。

每個旅人一定都有段故事，也都有他的追尋與期待，似乎從旅人身上我也可以感受到一種背後強大的動機與踏實的情感。

聽到各種故事後，我也發現到旅人的夢想與目標都好像非常明確，畢竟他們已經踏出夢想的第一步，搭乘了築夢的飛機來到這兒。

這世代，我們常見到最明確的事情就是從小被灌輸的好好念書、好好賺錢，怎麼沒有長輩與學校努力的倡導，好好探索世界，或是好好去做自己想做的事呢？

偶爾，聽到旅人夢想的話語時，我肯定的點點頭，也暗自慶幸或許我人生的成就，不是億萬財富，也不是永遠的第一名，而是摩埃基金會的創立呢！

突然也想到這世代媒體的刻版印象，假如我去從事務農或是修汽車，電視應該會有斗大的標題：「台大高材生當黑手」，「台大高材生放棄百萬年薪下鄉務農」，這就是這世代亞洲社會的價值觀，對比與衝突，誰說當黑手不好，台大畢業離會修車這件事還很遙遠呢！

還記得一位台大的同學家裡是開瓦斯行，暑假都會回家幫忙送瓦斯，有一次送到一個家庭，家中孩子剛好因為沒寫作業被媽媽罵，媽媽大聲數落：「你再不好好念書，以後就跟這位哥哥一樣扛瓦斯啦！」

我那位同學靦腆的笑說：「其實我書念不錯啦，是台大的學生，扛瓦斯其實也不錯啊，我爸就是這樣把我養大的，也是這樣你們待會才有瓦斯煮飯呀！」

現在的我才驚覺，「好好念書」好像就是我們這世代的魔咒。

聽了很多旅人的故事，我偶爾也會被別人問到我的故事，我就老實的告訴他們我在台灣得了二十億的頭彩，但是我很徬徨自己下一步要做什麼，也很煩惱自己該如何運用這筆錢，更擔憂最近台灣發生的樂透得主被害事件。

每個人似乎都不需要思索的告訴我，假如他有二十億他會怎麼使用，去買一台法拉利，把工作辭掉，或是雇用殺手把自己嘮叨的老婆幹掉，而且每個人也都馬上笑了出來。

基本上講了十個人，會有十一個人不相信我，多的那一個就是聽最多的 Number One 老闆娘，而說相信我的人，應該是相信我正在開玩笑。

難道有好多億在戶頭的人，不會在這個破爛住所出現嗎？難道有錢到爆炸的人不適合在這邊吃世界無敵好吃又便宜的咖哩飯嗎？對於這世界上人們的觀感，我越來越感到好奇。

因此之後每當別人問起，我開始編說一些大家比較可能想聽到的話，類似——

「我最愛看泰國的鬼片了，我是來當鬼片拍攝的臨時演員，常常有一餐沒一餐，Number

One樓上住一晚只要80元，老闆娘說我幫忙洗碗可以抵房租。」

說者無意，聽者有心，聽我說的香港人看看我瘦瘦的模樣，似乎相信了，還拍拍我的肩膀用廣東腔說著不標準的普通話：「泰國鬼片真的拍得很恐怖內！電影海報叫片都很嚇人呀！」「照」片總是說成「叫」片的廣東腔調，讓我嘴裡的咖哩飯差點噴出來。

「我家裡經營幫派，因為發生了幫派鬥爭，我不得已要先跑路躲在這邊避避風頭。」說這句話的英文時，我邊講還邊裝著憂鬱的神情，聽到的德國青年，突然神情一變，變得很保持距離，並且笑笑的說他吃飽先走了，那神情彷彿就是在說：「如果你仇家找上門偏偏就是現在，那我還是先走了比較安全。」

我效法先前遇到的台灣女孩小倩的故事：「我是來泰國當志工的，我過兩天要去泰北當老師，我希望可以為這個世界能夠有所付出。」聽著這句話的日本人，「ㄟ～～！一級棒內！」嶄露佩服與肯定的表情。

見過大家有趣的表情與反應，我發現原來一個人說出來的話語如此的影響人對你的觀感與印象，為什麼當志工就是好人，經營幫派的小開就讓人退避三舍？人的刻版目光好像都有著邏輯與可預測性。

不管什麼反應，都比過去好多年，比人們聽到我念台大後，露出的那一百零一號表情來得有趣多了，背負著光環，最後竟只能看到那些表情，還有聽到當兵班長的那句：「台大高材生，洗車會吧？念這麼多書，最後還不是幫我洗車！哼！」

再怎麼扯都沒有說自己是樂透得主還要真實，但是也沒有人相信這個真實。然而我編的故事與試探性的實驗，所有人的反應都是最真實的！這種真實表情是任何演員都演不來的。

每天白天在曼谷大學圖書館埋首，傍晚到拳館發洩流汗，晚上吃著咖裡聽旅人們的故事，也讓旅人們聽我瞎掰的故事，假假真真，日子過得還挺規律的。

直到一次我終於不小心坐在隔壁房那位滿身刺青的仁兄旁邊，我禁不住好奇，試探性的問著他為什麼一直住在 Number One，原本以為他會回答家中經營幫派，因故出來跑路之類的，或是含糊客套把問題轉移不正面回應我，刺青大哥卻操著泰式英文很直接的告訴我，因為他喜歡 Number One 的老闆娘。

這所謂，近水樓台先得月……。

我想也是，如此簡單的道理，旅人們實踐目標，就是為了盡量靠近目標，我想我躲在泰國，好像離我目標越來越遠，這些旅人的故事都提醒著我，我該再度啟程了。

14

風暴前夕摩托車日記

The Motorcycle Diaries

我的目標好像很多，但是仔細想想，基本上一開始似乎沒有明確目標就是我目標，如果我有目標的話，我又何必飛到杜拜又飛到泰國，我好像在找尋些什麼，但是卻也還在摸索。

現在一來聽到了旅人們發光眼神所描述的藍圖很吸引我，二來我的緝拿殺害億萬得主歹徒計畫還在基金會審閱，被鼓勵也好，逃避也罷，都勾起了我小時候深埋在心中的一個夢想，就是摩托車旅行。

以前在藍光ＤＶＤ還沒出現的時候，手機螢幕有著藍光就已經很新潮了，還記得當時錄影帶出租店開始式微時，曾租到一捲巴西導演華特．薩勒斯（Walter Salles）在二〇〇四年拍攝的電影《革命前夕的摩托車日記》（Diarios de motocicleta）。

切．格瓦拉（Che Guevara）這位榮辱參半的革命家，也是位醫生、政治家、作家、游擊隊隊長，雖然對他不甚了解，但是這部摩托車日記，讓我嚮往了迎風長征的體驗。

接著就是電視數位化後，MOD出現了，無意間看到國家地理冒險頻道播著一部《Long Way Around》，電影明星伊旺．麥奎格（Ewan McGregor）與查理．布爾曼（Charley Boorman）兩位好朋友騎著BMW的重型機車要從紐約到倫敦的壯舉紀錄式節目。

一開始看到覺得後面總是有部保母車跟隨，攝影團隊在旁而且補給充足，讓我斥之以鼻，心裡覺得大明星連冒險都很奢華，但是看著看著我發現了伊旺．麥奎格的赤子之心。

他對著不遠處的象群，發出了讚嘆，那像孩子似的笑容，突然間我覺得大明星其實一點也沒有距離，他跟我們一樣也是個孩子。

每一個大人也都曾經是孩子，每個孩子都夢想要快快長大，但是每個大人又在追憶當年，每個女孩都遙想成為女人，但是每個女人心中永遠都住著那位小女孩。

尤其是每當吹蠟燭的時候，都擔憂自己老了一歲，就像以前偷拿媽媽口紅化妝時，夢想趕快成熟一樣，人總是矛盾的。

可能除下了大明星光環，他們其實想要好好騎著摩托車放逐，騎到沒有人認識他的地方，可以真正做自己，或是學我一樣編個故事，變成另一個人。

而看過節目還不足以代表全部面貌，我早已深知媒體雖然是重要資訊管道，畢竟喜歡小事化大，大事化炸，只能片面做參考，所以我還有在台大圖書館借了伊旺與查理自白式的遊記書《越界20000哩》（Long Way Around），竟然看了跟我童年看《海底兩萬哩》（Vingt mille lieues sous les mers）一樣的精彩，雖然內容截然不同，但是未來有「二」有「哩」的書我都會有所關注的。

原來大明星要不顧一切停下演藝工作幾個月進行壯遊還真是不容易，為了贊助，也為了這趟旅程有所收入，為了照顧家人，有攝影團隊跟隨其實是他們很無奈但也很必須的決定。

除了錯怪了他們之外，更看到了他們最真實的想法，還有一路上的真實，有熱情的人們，也有收受賄賂的警員，一切的一切刺激冒險讓我對於摩托車之旅更加的渴望。

那個時候看完了書，我只是稍微提及摩托車旅行，阿燦就興奮的大叫，但是他馬上又說了句：「但是麻吉，整天坐摩托車，屁股不會爛掉嗎？」

我突然想起了我們曾經一群人騎機車從台北騎到南投去玩，當時騎到屁股太痠，等紅綠燈時都不顧其他騎士或路人的眼光，會自動站了起來，那時候真是又瘋狂又好笑。

總之，決定了。

騎摩托車旅行的意義就是，我可以像孩子一般的率真，但是我又有大人般的掌控力，騎著成年才有資格駕馭的歐兜邁，迎風奔馳。

或許這種事情，未來踏入職場就不太容易去做了，那麼就現在GO吧！雖然沒有革命，但是在億萬樂透得主謀殺事件的風暴降臨到我之前，我也要有自己的摩托車日記。

這些想法與過往閃過我腦袋，飛機也快降落了，我飛到了一個很廣闊的大陸，也是非常適合摩托車奔馳的所在，大洋洲的澳大利亞。

人生在世，就是個缺什麼補什麼的支援前線大作戰，所謂的前線就是自己，餓了就吃，渴了就喝，不懂就查，不會就學，雖然這世代念的書不見得是我們需要的，但是也還算是要懂常識、明事理、辨是非。

就算什麼都不會也要會用 Google Map，我在飛機上就先查好了之後的摩托車路線，從西澳柏斯（Perth）到東岸各大城市，最後抵達布里斯本（Brisbane），大概五千多公里，希望三個月騎完，因為我預留了四個多月要把兇手給找到，確保我的生命可以延續。

而飛機上為什麼可以上網，我也很訝異，我也不知道為什麼這世代什麼演進都很快，只有大家薪水爬很慢，還曾經吵著要爸媽買 Call 機給我的自己，現在竟然有智慧型手機這玩意，飛機上也有無線 Wi-Fi 可以使用，哪一天飛機是太陽能的，飛一飛直接噴射上太空應該也不用太意外。

到了澳洲西澳的伯斯，找到了一間學校改建的背包客棧叫作老天鵝（Old Swan Backpackers），因為它擁有體育館，並把體育館改裝成餐廳，這樣的龐大室內空間很適合我整裝摩托車與帳篷設備。

我開始專心補我所不足的地方，一是摩托車以及所有生存配備，二是習慣澳洲人的口音。

第一點還算是迅速達成，搭了火車跑到離伯斯市區不遠的百事活賭場（Burswood Casino）去，玩了幾盤廿一點（Black Jack）就贏到了旅費，曾經在三方公證網路賭場玩過的我，算是經驗老手了，再來就是上網下單賣掉幾支漲翻天的股票，三天內戶頭就進帳了巨額的摩托車設備所需經費，這一點我堅持不動用樂透財富的老本，不過也是沾樂透的福。

第二點澳洲口音有點難適應，台灣基本上學的還是美式英文，What's up 這邊沒人會裡你，No worries mate 比較親切，每晚我都泡在鄉村俱樂部跟老先生聊天練習口音的聽力，幫他下注賭贏了賽馬，他則是請我喝啤酒，就這樣認識了漢克（Hank）先生，他是我在澳洲認識的第二個朋友。

而第一個朋友就是睡我下鋪的室友，一位來自巴西的搖滾小子狄昂（Dion）。

原本以為巴西人都會迷足球，他卻總是在體育館餐廳內插上音箱卯起來彈電吉他，但是模樣又不夠搖滾，老是頂著棒球帽與運動 T-shirt，然後閉著眼睛陶醉在自己的吉他聲中。

第一次打招呼時，他剛好抱著一箱啤酒到房間，他看似認真又開玩笑的口氣說：「這箱啤酒是我的寶貝，你敢亂拿，你就死定了！」

安頓下來也熟悉了伯斯後，我就開始進行重型機車的考照，也跑去 Perth Motorcycle Honda 訂了一台 HONDA XL700V TRANSALP，這樣的選擇完全是因為它廣告板上寫的一句 DISCOVER NEW HORIZONS（探索新的地平線）給吸引，而且還可以在後面加裝幾個硬殼行李箱，讓我對於這趟冒險更加感興趣了，這也是我得樂透以來，第一次對於有錢這件事感到了欣喜。

原來物質慾望是建立在自我價值觀的實踐，認同的價值觀才有物質滿足的快樂，女孩的漂亮高跟鞋相對於男孩的 Jordan 第N代籃球鞋，龐克穿著嘻哈寬鬆衣服的突兀，就像是網球王子拿到高爾夫球竿的沒感覺。

杜拜買的那台藍寶堅尼對我來說是虛榮，那是我還駕馭不了的目光，而在澳洲買的這台摩托車是夢想，買到自己躍躍欲試的東西反而有了單純的快樂，這跟 Number One 的咖哩飯一樣，也跟遇到的旅人們一樣，自己真心渴望的東西，才是真正適合自己。

或許很會念書跟適合念書是兩回事，直到畢業我才懂，直到人飛到遙遠的異國我才想到，真慶幸自己衝動的飛來這邊。

那天凱旋考到執照後，我也把人生第一台重型機車騎回來，停在背包客棧的體育館餐廳的牆邊，巴西小子狄昂吉他彈一半就停下來，看到我這台 TRANSALP 非常感興趣的走過來，正要開口對我說些什麼的時候，我搶著說：「這台摩托車是我的寶貝，你敢碰，你就死定了！」

巴西小子大笑，同時手上吉他上的導線扯了出來，音箱發出了大聲的嗡嗡嗡噪音，體育館裡的人嚇了一跳，全都為我的重機出場給予了注目禮儀式。

「什麼！騎摩托車旅行，這樣很危險耶！你在想些什麼啊？玩夠了就該回家了啦！」媽媽在電話另一端的激動反應，完全都在我預期之中。

「不用擔心啦！我這邊有認識朋友，不是孤單一個人，我只是想感受一下荒野大鏢客呀！我會慢慢騎的啦，預計三個月後回台灣，你再看看我有沒有曬黑啦！」我安慰著母親，也想讓她感受輕鬆一點。

「那你哪來的錢買摩托車啊？」媽媽竟然一說就說到了重點。

「我來這邊參加一個益智比賽，拿到第一名就有獎金啦！不用擔心啦！」我想這是善意的謊言吧！

「也是啦，你總是成績這麼好，在國外贏別人也是應該，是用英文比賽嗎？」

原來總是成績好也是個好刻版印象，好像拿獎學金家常便飯的我，贏了什麼比賽也不稀奇，成功騙過了媽媽。

「當然啦！不然在澳洲用客家話比賽嗎？」

父親搶過話筒，不急不徐的說了一句：「好啦！你自己知道自己在幹嘛就好，其實我以前有一台偉士牌，當年也是很拉風……。」接著有完沒完的繼續講著陳年往事。

「對了！你知道澳洲總理是誰嗎？」

父親這個問題出現的太突然，說到這我才驚覺，澳洲這個國家似乎不太談論政治，沒了政治的鬥爭與噪音，似乎大家也都安居樂業，待會要來好好詢問鄉村俱樂部的漢克老先生。

「好！不多說了，電話費很貴，你自己潔身自愛，該戴的要戴！」哲學父親又說了句耐人尋味的話。

到底是該戴的要戴，還是該帶的要帶？

「好的！我騎機車一定會戴安全帽的！」我回答的鏗然有力。

內心有點失望，看樣子電話那一端，弟弟並沒有要跟我通電話的意思，我的心忽然糾結了起來，那天砸了他的ＤＪ設備後，至今我還沒跟他說過話。

「哇！麻吉！真有你的耶！騎機車旅行真是太拉風啦！不過你竟然自己偷偷搞這招，都沒約我啦！」阿燦的聲音真是非常讓我有歸屬感，一個總是依賴我的人，這時候其實是我依賴著他。

「你不是怕屁股爛掉？反正你在三方公證賭博網站不是賺很多錢嗎？不然你現在飛來找我

啊！我等你！」我不甘示弱的回應。

「對了！麻吉！最近基金會收到一個很妙的計畫書耶！有人想要組織一個團隊要來找殺害樂透得主的兇手耶！YES！我們可以像名偵探蚵～～仔男一樣組成少年偵探團啦！」阿燦聲音非常興奮。

「那康老闆怎麼說？」我接著問。

「他還在考慮啦！他是覺得很有趣啦，除暴安良，只是跟基金會支持『文化』好像有點脫鉤耶！而且，會不會有生命危險啊！康老闆叫我問問看你耶！」

「嗯……。」我在想我如果肯定的話語一下去，這樣算是作弊嗎？「我覺得……還不錯耶！偵探行為也算是種文化創作啊！推理，是推理！」我越講越心虛，但是又覺得好像怪怪的。

我繼續說：「喂！康老闆哪會擔心生命危險，我又不是第一天認識他，應該是阿燦你自己補的吧！」

「哈哈！麻吉！被你發現了，果然是我麻吉！我不是俗仔唷！我只是想說，如果要面對兇手瘋子，瘋子還真是難以預測耶！」阿燦說的也頗有道理。

「那就要出動我們的優秀人才啊！那個電腦很強的妹妹應該可以找到很多破案資料吧！」天阿！我竟然又補了一句重點，簡直是為自己寫的計畫書護航。

「啊～～！小舒在旁邊打我啦！她說要跟你講電話啦！」阿燦聲音越來越遠。

小舒搶過電話說：「騎機車真是超帥的啦！我要看照片啦！傳給我！你什麼時候回來啊！你有用我們買給你的睡袋嗎？你有沒有按時吃飯啊……。」

一連串的話語我都快招架不住，「有有有！我一切 Okay，你好好照顧阿燦啊！」我技巧性拿起身旁糖果紙在話筒旁邊用手指磨擦著「嘶——」。

「喂！喂！我聽不清楚，喂！」我匆匆掛上電話，假裝收訊不好。

內心有點複雜，也有點生氣阿燦怎麼沒能好好追到小舒，逃到澳洲了，還是無法避免小舒送來的秋波，生命無法承受之輕啊！

「Way～Way～Way～haha～Which way you are heading to？（路路路，哈哈！哪一條路是你要去的？）」巴西小子狄昂回到房間，模仿我說話，還用了英文諧音雙關語來問問題。

「Which way？Any～way.（哪一條路？任何～路。）」我也學他用了雙關語。

在自己親人與好朋友面前，其實還是有很多話語不能直接說出口，我恨透了自己說話有所保留，也討厭自己中樂透的這個秘密一直隱瞞著，但是有些時候說出真話不一定就是好事情。很多人說一個謊言要用很多謊言來圓，但是有時候一句真話帶來的浪潮反倒是無法抵擋的洪流，足以摧毀很多事情。

對父母說：「我有好幾億在戶頭，你們這輩子不用愁了。」

他們原本簡單的生活會不會產生巨變？

對小舒說：「我不喜歡你，我們不可能，喜歡你的是阿燦！你跟他在一起吧！」

我們三人未來還可以像好朋友那樣打鬧嗎？感情能夠勉強嗎？我無法勉強，小舒應該也是。

對弟弟說：「我很愛你，我希望你可以有出息點，別再浪費你自己的時間，你不需要成就些什麼，你不需要跟哥哥比，你只必須知道自己想要做什麼，其實羨慕你的人是我。」

我總覺得他會頂嘴回我他想做的就是埋首線上遊戲。

還是說這一切，講開了就沒事了？

我曾經在課堂上指正微積分老師的錯誤，並且說出更好的解法，老師表面說很好，後來上課他眼神都別開我，我大概猜出他覺得上課有我很困擾，而有些同學從那天後也覺得我特立獨行，酸酸的說：「喔！第一名果然不一樣。」

其實我只是想要說出更棒的解法，卻被誤會成愛表現，難怪這世代的教育模式，學生都不喜歡舉手問問題了。

即使有開明的老師出現，底下同學是否能夠開明呼應又是另一回事了。

所謂的互動教學，就是老師寫自己的黑板，學生抄自己的筆記，考試會Pass，這完美互動就成立了。

延伸的互動就是，企業要那文憑，學生就考取那文憑，男人要那身體，女人要那鑽戒，狗兒其實想吃肉不想吃骨頭，如果牠有得選的話……這世界的供需管理，演化了我們每個不得已的自己。

菜市場阿姨總是對著宅男喊帥哥，賣保險大哥對著熟女叫妹妹，這世代的運作是無限延伸的謊言與偽裝，而我們每個人也都吃定這一套，深信不疑的活著。

15

Run Like a Hero, Fall Like a Dog 英雄式出發，狗吃屎滑行

口碑是最快速的宣傳模式，好吃的東西很快就會被朋友們團購，新鮮的事物也都是透過口耳相傳的方式傳播，八卦更是無所遁形，甚至會被加油添醋變成滿漢全席。

在老天鵝背包客棧裡，那次巴西小子的電吉他音箱噪音得到的關注，以及人們對於追逐夢想的瘋狂舉動都會加以支持與讚嘆的後果，就是突然間在這間客棧裡，每個人都知道我要騎機車橫跨澳洲，客棧老闆給我住宿的優惠，我連走去上個廁所都會有人跟我握手致意，根本沒注意我上完廁所是否有洗過手。

我原本以為人們都是以結果論英雄，當電視報導某位台灣本土球員上大聯盟了，才會被冠上台灣之光，某人極地超馬比賽完成了，才是狠角色，某人在國際烘培大賽得到獎了，才會被關注他過往的努力與背後的世代教育隱憂，在這些被視為英雄人物的努力過程中，受到的關注與支持，真是少之又少。

原來你在嚮往自己真心期待的事情時，是可以受到很多人的祝福的，我感受到這群來自世

界各地背包客們熱情的鼓舞，而這一切才正要開始，大家都想跟我談論我的計畫與行動。

「聽說你要騎機車環地球一周呀？」一位蘇格蘭青年問道。

我這時才驚覺謠言之魔力，橫跨澳洲變成環繞全球，雖然我不是名人，但是這種類似很多明星藝人的小生活，被放大誇張成錯誤頭條的巨大差異感，就是人話語的神奇魔力，西瓜可以變番茄，只要兩個果肉皆紅即可。

這世上很多事情不是天知地知你知我知就好，眾人之知為知也，當有上億人口用著簡體字時，那麼繁體字已經是少數用字了，當法律法官警察被害人通通說你錯的時候，即使你是對的也要坐冤獄。

大家都說肥胖不好的時候，再瘦的女生吃東西都會有罪惡感，我想這是跨越世代的大社會原罪與痛苦，唯有不隨波逐流的人，才可以得到真正的信念或自由吧！

在客棧內鬧得沸沸揚揚，我在體育館試著新購入的帳篷與野炊工具，也會有不少人圍觀，也有超好心的土耳其大哥要幫我架起帳篷。

我拒絕了他的好意，因為之後路上我知道我是獨自一人，沒人會幫助我，我必須自己熟悉這些事情。

一位德國阿姨則跟我分享了很多野營的常識、機車保養以及故障時障礙排除等等重要資訊，真讓我覺得這阿姨是深藏不露的正港探險家。

另一對英國情侶，分享了他們所聽過澳洲長途跋涉的旅行故事，他們前幾年曾在維多利亞洲的米爾杜拉（Midura）這城市遇到一位也來自台灣的男孩，一個人騎著單車長途旅行，目的地正巧也是布里斯本，他們覺得很瘋狂也很佩服。

我隨後便在亞馬遜網路書店上找到了這位男孩出版的書籍《JUMP! BACKPACKER! – Neo的澳洲冒險記事簿》，台幣 260 元的中文書，放在亞馬遜折合台幣竟然貴了三倍，而在博客來反而是 260 外加 79 折，只能感嘆咱們的博客來還不夠國際化，無法寄送到澳洲，也感知「進口」這件事就等於是幫商品買機票，千里迢迢飛到到你手裡。

此外我還順便訂購了澳洲公路地圖想省點運費，這種行為讓我突然思念起母親，因為我就算是億萬放在戶頭了，還是學到了客家勤儉的美德。

從沒騎機車旅行過，當然也沒獨自野營的經驗，我似乎把一切都想像得很簡單，我認為工具足夠了，油箱、水箱、備胎、帳篷、乾糧、炊具、指北針、衣物等等只要我需要的都存在著，基本上應該是不會罹難，不過德國阿姨的經驗談說得越多，反而讓我有點為旅程擔憂，有些時候初生之犢不畏虎，你跟我說完母老虎的故事，我還真無法當作沒聽到呢。

一個禮拜過去，當一切都就緒了的早晨，我將所有行囊都打包好，扎實的放進車子的側箱中，也把設備穩固的綁在後座平台上，TRANSALP 重型機車已經很重了，加上所需行李的負荷，要將它牽出體育館就很費力了，我想往後要駕馭它，對我來說一定非常吃力。

巴西小子狄昂很熱心地幫我保持重機平衡，我埋頭推著重機前進，額頭上汗珠滑落，滑落的觸感有點癢，我很想舉起手擦一把，但是雙手支撐著機車，自顧不暇，走出門外，澳洲的烈日打上我身上，皮膚有著輕微灼傷的刺痛感，我聽到了很多喧囂的噪音。

門口的畫面讓我驚訝，客棧內的背包客們都在門外夾道等著我，客棧老闆、土耳其大哥、德國阿姨、英國情侶檔，還有很多很多這幾天陌生又熟悉的人們，英國情侶檔竟然還用厚紙板做了一個看板，上面用麥克筆斗大的寫著「CHUN!·GOGOGO！」（阿純，加油！）

大家開始鼓譟歡呼，尖叫聲與歡呼聲四起，大家都拍拍我的肩，還有女孩直接在我臉頰上親了一下，我覺得莫名其妙的飄飄然，又覺得這時刻好不真實，是受寵若驚的榮耀。

不知道為什麼我突然想起了曉曉，我好希望她看到這一幕，總覺得她一定會自然的笑著。

我與大家寒暄了一陣子，還與大家拍了團體照，現場好像是立法院前抗議現場，只是差別在於大家都是掛著笑容。

我發動了TRANSALP，接著從綁在後座的包包旁邊抽出了一罐Tooheys Extra Dry啤酒，塞給了身旁的巴西小子狄昂，只有這個舉動是我事先預想到的，我對他說：「嘿！我的室友，我沒碰你的啤酒，但是我要你請收下這罐！」

狄昂笑著大聲歡呼，一邊搖晃著這罐啤酒，然後像是開香檳式的把氣泡全部噴射出來，水花四濺，而我也緩緩的開始往前騎。

背後都是歡呼鼓譟聲，我往前方騎著，可以感受到太陽在頭上的炙熱，而背後是讓我心溫熱的鼓勵，難得人生有時刻覺得自己的背影帥翻了，而且我保證大家都看著我的背影目送我離開。

我先騎到最近的那個鄉村酒吧，如我預料一樣，那位總是泡在裡面賭馬的老先生漢克一早就在那喝啤酒了，我過去與他擁抱道別，他感性的把一枚紀念幣送給我，塞進我的掌心裡，說了一句G'day mate！（G'day是澳洲俚語Good Day）然後爽朗的哈哈大笑，笑聲中有著老痰，是個風霜後的後勁鼓勵，給我踏實溫暖的感覺。

漢克爽朗的笑聲還在耳中盤旋，我已經騎了好一陣子，一路上建築物越來越稀疏，漸漸的變成了荒蕪，我已經離開了繁華城市，啟動了荒野模式。

太陽曬得我頭暈目眩，防風車衣實在是太過悶熱，我呆呆的騎著想著，想著漢克過往賭馬下注的身影，還有我剛剛騎車的背影。

記得在台大時有一次從系館樓下跑出來，正趕著去海尼根與阿燦、小舒會合，餘光看到一個女孩蹲在單車旁邊，仔細一看，原來是單車鏈條脫落了，這樣的「落鍊」窘境似乎困擾了她一陣子，我快速的走著，突然心裡彈出一句話：「這世界沒溫暖了嗎？」

我折返回去詢問她是否需要協助，落鍊這種事情其實很容易解決，不用幾秒我已經把鍊條送上齒輪，單車輪胎帶動著哆哆哆的聲音，不過手指都沾黏上黑色的油汙。

女孩不好意思的問道，需要衛生紙嗎？我搖搖頭然後離開，當下一直覺得自己離開的背影一定很帥，或許女孩還正注視著自己的背影。但要帥的走著，突然臉頰一陣騷癢，我就反射性的用油汙的手指往自己臉上抹去……。

走到海尼根後當然是被大家一陣狂笑，狗兒鯊鯊還往我臉上亂舔。

想到這段，我自顧自的笑了起來，再帥氣的背影，其實前面表情掛著是最憨直的天然呆，可能我現在就是這個模樣吧！

迎著風，我感受到了無比的快樂與奔放。

摩托車速度飛快，一轉眼我就來到了南方的班伯利（Bunbury），打算找個 Fish & chips 魚薯專賣店吃點薯條。

在奔波的一路上我有發現，很多的地方都會豎立著戰爭紀念碑，或是軍人的銅像，人類似乎總是要紀念這些戰爭，而這些戰爭卻也是人類最愚蠢的行為，或許最不值得紀念。

我內心把它看做是警惕，現在的和平都是這些的戰爭換來的，要提醒著世人，別再戰爭了。

我第一天的預定目的地是瑪格莉特河（Margaret River），所以一吃飽喝足加完汽油就上路了，繼續往南方移動。

獨自騎車旅行最大的好處是可以好好放空，也算是好好思考，反省著過往，期待著未來，獨自與自己對話，整理思緒、理清頭緒，想想樂透得主被害事件，想想 Number One 那些旅人的話語，也想想曉曉自然的笑容。

我承認騎車絕大部份時間都在恍神狀態下胡思亂想，只有遇到讚嘆美景時，被大自然拉了一把而回神，我把錯都責怪到頂上的烈日，讓我有點中暑的徵兆出現。

突然間路中間有一顆棕灰色的大石頭，我著急的想閃避，車子失去平衡，伴隨著行李的重力，與先前催油門的加速度，這牛頓第二運動定律的前進讓我跌了下來，與摩托車一同滑行到路旁，車與我一半在柏油路的邊緣上，一半已涉進了草堆中。

當自己目光與地面越來越接近時，果真如《花田少年史》卡通中，花田一路在被卡車撞飛天時內心台語的OS：「這該不會是我的報應吧！」

跌倒之後的痛楚，是過了一陣子才感受到的，也需要一陣子才會散去，我躺在路旁，好好的面對這個痛楚，而我短時間之內也還站不起來，就在那兒沒有掙扎的痛著。這簡直是我以前高中時被警車撞的事件重現。

我往路上望去，到處都沒有來往的車輛，暫時是沒有人會下來幫我了，而沒有車輛也代表，我暫時還可以躺在這，不會被隨後的車子撞到。

快樂的時光總是短暫的，相比之下痛苦的時間是漫長的，可能才幾分鐘，我覺得非常的緩慢，忘記到底休息多久，終於得以起身拍拍身上的灰塵。

檢視四周，身上的防摔防風衣有了清晰的擦痕，機車上佈滿了塵土與刮痕，除了一些腰痠背痛之外，我似乎沒有什麼大礙，困擾我的只是帶著腰痠背痛的感覺，還要把倒下的機車牽起來，讓我折騰了好一陣子。

車子有點發不動，我暫時先放棄處理這個危機，我走向路中，想好好觀看一下是哪個王八石頭停在路中央害我跌倒。

它竟然是一隻動物！我好奇的拍了照片，用照片蒐尋的方式，從手機中找到了這隻動物的名稱，牠是袋熊（Wombat），真是可愛極了，肥肥的身軀又像豬又像熊，又像老鼠與袋鼠，是集其大成之演化，我被牠的可愛原諒了摔車的這一切，我在旁邊保持距離的默默看牠過著馬路。

忽然想到 Wombat 的音念起來就像是「王八」，我在路中央身形狼狽的笑了起來。摩托車旅行真是太過癮了！我繼續狂笑著，就像是電玩遊戲《格鬥天王》裡面的八神庵。

在這無人的荒野公路上，亂笑亂叫也可以肆無忌憚，王八也可以隨意過馬路，澳洲簡直就是超大型的動物園，我越笑越開心。

可能是我的樂觀與笑聲感染了機車，TRANSALP 終於被我發動了，我揮揮髒汙的衣袖，離開了王八 Wombat，也離開了這片荒蕪，騎到了瑪格莉特河的車屋公園，也把我摔車的狼狽給稍稍整頓一番，而唯一不整頓的是 TRANSALP 的模樣，保持著風塵僕僕的灰塵與跌倒擦痕，我想這樣子也比較有保護色，畢竟全新的重機，可能我一覺起來就被偷走了，這一點警覺我還是有的，這些傷痕，就當作是迷彩保護色吧！

16 雜音 Noise From Heart

電影《駭客任務》（The Matrix）中的孟斐斯（Morphous）說：「若你有勇氣選擇知道真相的話，就請吞下膠囊，但是一旦吞下你就回不了頭了！」

妹妹自從懂得網路上駭客的一切技術之後，她已經獲得了「知道」的力量，因為「知道者」內心要裝作「不知道」是不可能的，當你一旦不小心聽到朋友說今天ＮＢＡ比賽的結果時，你晚上看重播已經無法遺忘比賽已成定局的事實，在終場勝負關鍵時刻，你也失去了關注零秒出手的終極刺激感。

也就是當女人輾轉知道待會男人會求婚時，她接過戒子的驚喜模樣，其中有三成已經是裝出來的感動了，而沒能見到戒子的話，八成是女人已經提前逃離了，因為不愛，也因為「知道」。

妹妹的駭客能力高超，在網路上已經如魚得水，可以找到她想知道的一切資料，甚至是到警用網域刪除自己前天沒戴安全帽被開罰單的紀錄，而這個「前天」，純粹是因為開單警察懶惰，兩天後才登入到系統中。

駭客得來一切之容易，讓很多事情很快的也失去了興趣，但是偵查樂透得主被害事件的計畫書在基金會引起熱烈的討論，康老闆還沒決定計畫贊助的執行與否，妹妹已經感到好奇，並且駭到警用網路、樂透配合銀行的資料庫中找到了許多重要資訊，也發現媒體揭露的訊息只是冰山一角而已。

漫畫《一拳超人》中的主角，要擔任超人的原因純粹是興趣使然，而妹妹找尋這些資訊純粹就是無聊而已。

但是當她發現這些億萬得主的資訊也是她垂手可得的時候，她也已經預知了接下來會被害的樂透得主名單，於是她更是驚訝的發現，原來康老闆的那位朋友阿純，是史上彩金最高的樂透得主！

「呵呵！這真是有意思啊！」妹妹用她中性的嗓音對著電腦大感興趣。

從西澳要橫跨到東澳，要達到另一個大城市阿得雷德（Adelaide）的一路上非常之荒涼，可以說是橫跨一條在沙漠中的高速公路。

漫漫長路，遙望遠方，延綿不絕的遠方，好像是怎麼奔馳都到不了的終點。

在廣闊大地中，我只是非常渺小的一隻生物，在奔馳過程中，努力的求生存，找尋陰暗處乘涼休息，找尋水源食物補給，找尋新的輪胎，找尋汽油，在荒野與人類文明中拔河，身處又想逃離，又無法切割的漂流狀態。

基本上整個澳洲去除占地不多的大城市之外，感覺整個國家就是一個超大型國家公園。騎到了納勒博國家公園（Nullarbor National Park），緊接著又有蓋爾德納湖國家公園（Lake Gairdner National Park），這種感覺在超級方便的台灣實在前所未見。

如果說這看似無聊但是又自虐式的前進是一個廣播節目的進行，那麼這一個個國家公園，一個個湖泊與筆直的高速公路，就是這廣播節目的 Run down，而我腦中的胡思亂想就是這廣播的雜音。

雜音也就是那些過往生活片段的反芻與反省。

直到念天地之悠悠，我獨自騎機車追風，我才忽然明瞭，我傻傻的過了人生的前半生，那最黃金的時光。

這個騎車的感受太難以言喻，好希望我所愛的每一位都可以感受到我此刻的心情，希望弟弟也騎著另一台機車在我身旁，在這風吹徐中，他可以輕催油門輕易的超越我，而他也一定可以明白，在這公路上，無論誰騎在前面，其實一點意義都沒有，我們可以各自的歡呼，各自的精彩。

困在這世代的台灣，自小就沒出來走透透的我，大多時間不是泡在教室就是在家裡，不是在家裡也是在書本裡，難得去個福山植物園，還要幾個月前先登記排隊，如果說籃球場就是我自由的延伸，但是監獄裡的犯人在打籃球的時候，其實並不會覺得自己擁有了自由。

想要走出去，到處都擠滿了人，大學窄門擠滿了人，考多益考試擠滿了人，坐火車很難有位置坐，停台摩托車要搬動一下子才有縫隙塞，吃個夜市小吃要排隊，大家都像螞蟻一樣的前進，像是無形的枷鎖，鎖在這島嶼上，大家都有淡淡的憂愁。

前一個世代種的樹，我們這個世代乘著涼，但是這顆樹並不是我們挑選的，我們即使想要另一個品種的樹，這島嶼已經沒有太多空間讓我們種植了，而一不小心種下去，還種錯了位置，造成了土石流，會把前世代的樹也一併沖走。

為什麼人在青春年華的時刻要捧著大量的書籍與穿著緊縛的制服壓抑的呼吸著？我們自己讀得不開心，還要叫下一代好好念書。

他們說，要好好念書未來才有錢途，因為書中自有顏如玉（色情書刊？），書中自有黃金屋（股市K線分析？），但是行萬里路勝過讀萬卷書，為什麼沒有人從小就跟我說，要行萬里路唷，這樣比念書還要有前途？

就好像總是有人說邪不勝正，但是道高一尺魔高一丈，人生瘋狂才值得，只是大家都要我們要聽話、要乖。

奔馳著摩托車，我內心如此的激盪，竟然比我在奧林匹克數學競賽拿獎還要有成就感。

短短的這些海外時間，遇到的外國人的數量，比我先前人生99％遇到的外國人還要多，而那1％幾乎都是東南亞來台灣工作的外籍勞工們，對照著外國人的生活習慣，其實跟電視影集裡播的類似，但是只有在我眼前真實上演時，我才有「原來如此」的覺悟，還有「世界原來這麼大」的感受。

原來巴西人不一定要都踢足球，就像我人生遇到的第一個巴西人狄昂。

原來不是每個美國人都看NBA與大聯盟，遇到的那位美國人是划船隊的，他並不想跟我聊NBA，連WWE摔角也不理，他反而比較想聽到我提及的端午節划龍舟習俗。

原來這世代的地球並不是我所想的那樣轉動呢，因為我以前一直躲在這偌大地球上的一個小角落。

在半路發現超市，趕緊採買補給品時，無意間發現了超市的玩具陳列架，上面好多摔角手模型，還有一系列黃色的玩具，叫作建築師巴布（Bob Builder），一個澳洲小孩拉著爺爺，一直吵著要買Bob Builder的玩具。

我在試想著，這南半球的孩子，童年一定跟我們很不一樣呢！我會心的笑了出來，而這笑容有著對爺爺的思念，爺爺曾經在遊樂區買過百獸獅王的玩具給我，爺爺一定不知道百獸獅王是幹嘛的，更別說我童年裡的魔動王還是閃電霹靂車，他有的只有對孫子單純又直覺式的疼愛。

現在，再有錢，也來不及為爺爺買些什麼了，我想農村長大的爺爺要是看到袋熊Wombat，一定會感到很新奇吧！至少好多好多的第一名，好多張鑲金邊的獎狀，讓爺爺很開心，那麼我想，過往那些書本壓榨的時光，我可以釋懷了，只要爺爺開心，這些過程其實也是我自願式的為了贏得他的肯定，而逐漸塑造了現在的我。

這個世代，或許就是為了迎合上一個世代的期待而演變的，下一個世代是否也是被我們這個世代給動搖了根基呢？他們將會感念我們的作為，還是痛恨我們種下的禍因？

「沒有人知道我們究竟是催化劑，還是發明物，抑或只是實驗中產生的一堆沒用的泡沫。我想，我們三者都是。」英國詩人艾倫．金斯堡（Allen Ginsberg）對於某個世代如是說，我想也可以為這世代下註解。

腦中雜音是我自己對自己的對話，透過上次摔車的經驗，即使胡思亂想，一路上我都很輕易的發現路上的「異物」，某根視覺神經因為摔車的疼痛後開始敏銳。

無論是過馬路的袋熊屍體，還是袋鼠屍體，灰色道路上的黑漬，還有逐漸抹去的微黑漬，都是過往或是剛剛才發生的碰撞遺骸。

而黑漬中出現的鮮白，就是那白骨，在這個野生動物豐富的國度，路上非常容易發現汽車碰撞後的屍體，還有死亡屍體帶來那些啃食的鳥群，這一路上的動物屍體出現的頻率比活體要多，讓我十分驚訝。

要是剛好逆風的話，還沒看見「異物」前，就可以聞到「異味」，那腐爛屍體的味道微微飄來，可猜想這隻動物可能幾天前發生了意外。

如果說對於人類行走的道路上，這些無辜動物是異物，那麼我們人類則是自然界的異類，是我們自顧自的把這條公路劃進這片荒野的，也是我們自顧自的開發一切文明，製造一切非常可能佔據野生動物家園的鐵腕，因為所有環境影響評估報告書，都是人類所撰寫的，保育也是我們喊的，沒有了破壞，哪裡需要保育，一切其實應該放給它自然。

人類是一切災害的源頭，而我也是這些兇手的一員。我想到了我現在催著油門，排放著碳，一陣罪惡感湧上心頭，這是在台灣從未有過的想法，好像在過度開發的所在，大自然才是突兀的出現，而現在在這偌大荒野中，我覺得自己非常的微不足道，在大地之母下，我謙卑又叛逆的前進著。

騎了一個禮拜，天天在車屋公園草地上搭帳篷入睡，在荒蕪中奔馳，回到文明轉運站補充所需，不斷享受獨自一個人的時光，沒想到人生難得有這樣的時刻，把一切抛下，只單純的騎車，還有，專心的活著！

一轉眼，荒蕪逐漸有了現代的線條出現，一個星期後我已經透過埃爾高速公路（Eyre Highway），穿越了奥古斯塔港（Port Augusta），到達了大城市阿得雷德。

與伯斯大量的玻璃鏡面現代大樓相比，阿得雷德在現在都市裡穿插了很多教堂式的古老建築，讓我感受到另一種古老文化的氣息。

突然間我有一種自己像一個野蠻人的感覺，風塵僕僕跑到這邊來，轉眼間要適應人群，還有摩登的一切。

我找到了一間背包客棧後打理好一切，獨自走到附近的福林德斯大學（Flinders University）裡，打算用無線網路好好更新一下資訊，還有與家人朋友們聯絡。

在 Facebook 上我看到了摩埃基金會剛成立了粉絲團，照片裡康老闆的模樣真是非常的有架式呢！果然找他當董事長實在太正確了，就是一副泰山崩於前而面不改色的態度。

除了海尼根之外，康老闆也有了更大的平台，讓他認識更多怪咖，更多夢想的青年，當然還有更多漂亮妹妹。

基金會最近開始贊助新的計畫是「街頭餐廳」，一個一心想要創業的青年終於在基金會的協助下開張了人生第一個店面。

從照片來看，可以發現這個街頭餐廳在室內打造了街頭的一切，餐桌旁有公車站牌，地上有柏油路面，隔壁包廂竟然是平交道路口，還有鐵軌在地上，讓人在那邊吃飯，就好像拿著凳子坐在路邊一樣，有趣極了。

突然間我在這個粉絲團中看到了曉曉的身影，她也加入了這個粉絲團群組。

我隨即點到了她的頁面，看到了很多照片，看樣子她似乎已經離開國外的工作回到台灣來生活了，很多她手工製做布朗尼蛋糕的照片，讓我食指大動，也忍不住加了她好友。

我在私人訊息中打字：「Hello，我是阿純，我想認識妳！」

結果沒想到過沒五分鐘就收到了回應，原來曉曉也在線上：「謝謝你的直接，不過，我們不是本來就認識了嗎？^^」

我臉上掛著好多天沒刮的鬍子，眼神一定掛著許多長途奔波的滄桑，眼睛盯著電腦螢幕中的「^^」符號，開始聯想到曉曉在扭蛋機旁的自然笑容，長途騎車的疲倦感，似乎煙消雲散了。

雜音繚繞的幾天，好像越來越清晰了，我在 Facebook 頁面上PO了幾張騎機車旅行帥氣的英姿照片，自以為很酷，也當作向大家報平安的方式，沒想到曉曉的留言是：「騎機車旅行？怎麼這麼奇怪？一直坐機車屁股不會痛嗎？」

我：「……。」

同時，另一個視窗彈出了私人訊息，看到模糊照片裡的男女不分，我猜到是妹妹，妹妹留了一句：「我知道你的祕密了！嘿嘿嘿，深藏不露嘛！」

「什麼？你知道我喜歡曉曉？你怎麼知道？」我一時慌張了起來。

「蛤？你喜歡曉曉學姊唷，她最近常常來海尼根店裡，你怎麼自己爆料，我說的祕密是，我知道你想幹嘛，我會幫你的！」妹妹聲音透露著驕傲與耐人尋味的好奇心。

「你要幫我追曉曉學姐？駭客可以做到這種事唷！那妳幫我查她有沒有男朋友，還有她的電話，不！我自己跟她要就可以了！」我很直接的說，好像雖然跟妹妹不是非常熟識，但是好像只要是康老闆認識的人，好像大家都可以很快的熟悉。

「吼！你真的是康老闆說的那個第一名天才嗎？怎麼這麼笨啊！我說的是你要追查的那個兇手啦！我猜到那份計畫書是你寫的了，你這個億萬富翁！」妹妹打的訊息突然有種女生鬧彆扭的語調。

「喔！原來是這個……你為什麼要幫我啊？為了有趣嗎？」我接著說。

就我知道她的個性，我想錢絕對不是她的考量，畢竟她只要駭進銀行，數字的調整絕對非常容易，或是駭進股市行家電腦中，依樣畫葫蘆操作即可，太多方法可以執行。

「沒錯！這個很有趣！我才不是要分你的億萬財富呢，你放心，喔！查到了，你的ＩＰ位置是南澳的福林德斯大學圖書館，你剛剛還查了網路地圖，你要繼續往東騎唷？是吧！」妹妹打字的語調透露出她的年紀，就像個孩子似的完全展露心情與驕傲的駭客技術。

「這麼厲害，網路上有什麼東西難得倒你呀？好！你幫我的話，未來我會替你找到更多有趣的事情來讓你破解！」我說。

沒想到一個男人在即將陷入愛河時，費洛蒙作祟，連命也可以不要，難道「牡丹花下死，做鬼也風流」這句話就是這個意思？專注於跟曉曉的溝通，這時候看來樂透得主被害事件變得微不足道，還是說騎摩托車的過程讓我忘記了這個重要的事嗎？不過得到妹妹的幫忙，我想對兇手的訊息掌握一定可以更進一步，這是好消息。

視窗又有字彈了出來，妹妹打著：「查到了！曉曉沒有男朋友！」

「YES！」南澳的福林德斯大學圖書館中，一位當下簡直像單細胞單純的男人拉弓喝采！

17 Another Guy 高手不只有你一個

網路資訊氾濫的這個世代，不談便利只談紀錄的話，如果你在網路上留下了些什麼，或是別人幫你刊登了什麼，這些東西會永遠存在，這是屬於你人生的一小部分，但是對於以網路為天的這個世代，這一小部分，對於網友卻是僅僅能看到的全部。

網友這個名詞看似代表別人，但是就如置身事外的我們，當我們滑開手機，當我們打開電腦，我們看到的網友們，其實可以稱做「我們」，即使你可以潛水你可以不承認，但是你不得不承認，你依然被這股潮流與輿論深深影響著。

一位低調女孩不小心被駭客破解了私密相簿，成為論壇裡面大量轉載的清涼照片，是她終生抹不去的陰影，直到她成為阿嬤的那世代，她孫子偶爾還是會不小心搜尋到，這心情真是複雜。

另一位意外獲得機會的女孩，發現只要放張「事業線」的照片在網路上，再搭配時事話題被媒體播送，就可以成功讓她成為知名拍賣模特兒，還有了萬人支持的粉絲大軍，有了藝人般的真實簇擁，卻又如此的虛擬夢幻。

當然這草船借箭的東風，完全就是近年來的新聞實在不知道要播什麼，只好去網路上找題材，這一搭一唱，電視新聞已成為了追舊聞與追究文。

那些不堪回首的呆頭鵝照片，為何還是被放在那學校社團網站上無法塵封？

沒經過允許的標籤像是訂書針般把自己的大名緊緊的釘在那年流行的麥當勞中分頭髮上，當年自以為是特南克斯，如今卻被人用佛力扎的笑聲取笑，經過十年後被人發現成為一個新糗事，但是那篇讓人懷念不已的青春日記，已隨著那不爭氣的部落格網站，在倒站那一天一起消逝不見了，該留念的不見了，該保留在過去的卻浮現了。

這是一個跨越多年的莫非定律（Murphy's Law）。

這些都是網路便捷背後的插曲，人肉搜索的依據，大家內心深處的片段記憶。額外的一個好處是，電視兒童變少了，但是眼科生意依然很好，甚至更好。

一個圖書館的角落，中部的學術主宰，偌大落地窗前一張沙發上，沙發扶手上有個幾個簡單的按鍵，外加一個厚重的耳機，一個頭髮瀏海很長的男孩坐在沙發上，耳機裡傳來廣播電台中播送的綠洲樂團（Oasis）的歌曲《Don't look back in anger》。

瀏海遮住了他的眼睛，但是視線目光依然可以看見落地窗外的中興湖，一個以中國大陸地圖輪廓打造的湖泊，這個人為的藝術，成為了校園中的自然，雖然這世代來不及也無法再中興了，但是反攻大陸的模式可以透過購買人民幣而得到穩健的投資成長。

這個人工又自然，中興缺了少康，多種矛盾卡在一起，也剛好卡在中部的中興大學正中心，這位愛恨交織的人坐在沙發上，他最愛待的位置，讓他有置身世界中心的感覺，腿上的筆記型電腦顯示著網路新聞畫面：

『樂透頭獎得主公開懸賞，為保住生命願捐出一半財產緝拿樂透殺手。』

『警方宣稱會盡速緝拿樂透殺手破案，懸賞獎金會全額捐出。』

瀏海似乎就是他的保護傘。

阿計是一個安靜沉默的人，若有所思的模樣會讓人誤會他露出一臉不屑。

阿計手撥了一下瀏海，對著這篇網路新聞睥睨的笑了一下，內心說了一句：「哼！找死！」

「樂透殺手？哈！竟然有這種封號。」

阿計對於這世代的運作非常清楚，他在網路上也無不良紀錄，試著 Google 自己的名字，可以發現自己名字一直與多個榮耀關鍵字為伍，優秀論文獎、聯合盃全國作文大賽第一名、大資盃排球賽ＭＶＰ，一頁接一頁的優良履歷，讓再陰鬱安靜的他，還都是讓師長們拍手叫好，優秀的天之驕子。

搭配這世代對於成功的定義，讓他總是被歸納為肯定的那一邊，但是在這世代的運作下，他只想運作他自己認同的事情。

拿掉耳機，闔上筆電，阿計高瘦的身軀略帶駝背的拎起了腳邊的背包，打算離開圖書館，走路的節奏就像是很清楚知道自己的方向一樣，非常明確的大步向前，一如這一陣子所癡迷的個人私密計畫，圖書館之後的時光正是他每天所期待的，也只有他一人默默的進行著，不讓任何人知道。

走到圖書館一樓正想離開這棟大樓，阿計發現一樓櫃檯打工的那位名叫資資的校花正被三位借書的男生打擾著。

「小資資！我昨天有去妳的粉絲頁面留言耶，你有沒有看到呀！你到底何時才會跟我一起出去玩啊？」一個穿 Polo 衫翻領的男同學努力的進攻。

「可不可以給我你的 Line 呀？」另一個吹著飛機頭的男生嚼著口香糖輕浮的說著。

另一個男生沒說話，只拿著手機，假裝看螢幕好像在查些什麼，其實一直按著按鈕在偷拍資資的身影。

資資一臉困擾，偏偏資深的圖書館館員阿姨剛好去樓上整理歸還的書，沒了前輩當救兵，讓她不知道該如何脫離這個窘境。

惜字如金的阿計難得主動開口，對著那群滴著口水的小野狼們說：「同學們，你們要借書嗎？沒有的話可不可以借過一下？」

阿計繞過眾人，擠進櫃台對著資資說：「同學，我在找一本書，可以幫我嗎？」

資資嚇了一跳，雖然資資已經在學校是出了名的校花，被搭訕的次數已經數不清了，但是阿計在排球場高挑的身影，還有出了名的跳躍殺球動作，讓她有了一絲絲的驚喜，畢竟在學校時期的這個年紀，會運動的男孩比較容易被女生注意，而不會考慮到工作、收入、未來要不要與公婆同住。

資資見機不可失，可以趕快逃離這裡，馬上對著那群狼說：「好了啦！好了啦！你們先離開吧！我要去忙了。同學你要找哪一本？」

阿計接著回答：「在二樓，有個書櫃號碼中一直找不到我要的一本書，電腦系統上明明顯示還未借出啊！」

兩人一起爬樓梯到二樓。

走到了二樓，在查詢圖書的公用電腦前，阿計撥了瀏海，拿公用電腦旁的一張便條紙，只說了一句：「我要妳的電話號碼，寫下來給我。」

資資有點不知所措，向來她都是聽到男生們的問句，從未聽到這樣的肯定句，但是不知道為何，她乖乖的就把手機號碼寫了下來。

資資的臉還來不及紅，阿計就把紙條抽走，頭也不回的走下樓，離開了圖書館，留下著既開心又錯愕，害羞又無辜的複雜心情。

阿計內心在低語：「哼！原來這本心理學寫的是真的，這樣子就拿到電話啦！那群笨蛋根本用錯方法，果然措手不及，才能製造優勢，好了，是時候該繼續我另一個實驗了。」

內心剛說完，阿計就把紙條揉成一團往一旁扔掉。

阿計喜歡做實驗來驗證一切的理論。

隨後在一棟大樓的頂樓，一台小型空拍直升機（Mini Drone）隨著阿計的掌控緩緩起飛，這台小型直升機上搭載著高解析的攝影機，一切的動作只在阿計手上的手機 APP 控制下。

在整個夕陽包含建築物的頂端風貌陪襯下，通通透過手機 APP 納入了阿計的眼裡，瀏海遮住的那雙眼，隱約有印入夕陽的火紅，陰鬱的人，這瞬間好像多了一些溫暖。

捕捉到的美景好像讓時間暫停了，唯一在轉動的就是 Mini Drone 的螺旋槳，還有那錄影的閃爍紅燈。

赤紅的夕陽掛在那兒，這時候的光線適中的剛剛好。

Mini Drone 突然在空中發出一個聲響，彷彿撞擊到異物一般，突然敲出了一絲火花後，狠狠的向下墜落，落到了遠處一棟樓頂鴿舍旁，殘骸散落一地，鴿群們在籠子裡驚嚇到隨處亂竄。

阿計的手機突然失去了畫面，他驚訝疑惑的模樣，跟資資在圖書館二樓的表情幾乎一樣，差別只是在於多加了憤怒。

快步跑去 Mini Drone 掉落樓頂的大樓底下，阿計著急的走進去，看到了該棟大樓保全人員一臉疑惑的表情，阿計馬上自然的點了頭，補上了一句：「晚安啊！」就接著尾隨一家人一起進入了電梯。

保全人員雖然看到陌生面孔感到疑惑，還是也點點頭回應，內心想著：「這年輕人好像沒看過，但是畢竟剛來這邊工作一陣子，主管千交代萬交代要記住住戶的名字與長相，這樣打起招呼比較親切，偏偏這個年輕人一時之間想不起來，要是開口問，被人發現我都沒有認真記就糟了。」

管理人員內心的無知，換來眼神的空洞，裝熟的點點頭，放了一個陌生人上大樓。

阿計心裡低語：「哼！果然那本心理學寫得對，厚臉皮等於天下無敵，越無所謂的表情，越讓人無法懷疑，要是我遲疑了，搞不好會被保全人員攔下來而進不來呢！」

其實阿計也可以跟保全人員說明他的遙控直升機掉到這棟樓的樓頂，只是他相信一定會講很久，而且保全人員或許也會一同尾隨上來，前陣子新聞又報導有人使用空拍直升機偷拍人窗內隱私，總之，要是誤會起來的話，麻煩事絕對不少。

阿計很順利的搭了電梯到了樓頂，納悶的撿起 Mini Drone 最大塊的殘骸。

殘骸還有著運轉時殘留的溫度，但是有個地方特別的燙，阿計睜大了眼，目光從瀏海望了出去，手指觸摸到一只金屬顏色的亮點，阿計嚇了一跳。

「子彈！！！」

「我的 Mini Drone 被子彈擊落？！！」

18

A Little Hope 一點希望

媒體再度延燒樂透殺手話題。

樂透彩券因為這驚人的社會事件已經停辦了好一陣子，剩下刮刮卡、運動彩券與其它小金額的獎券持續販賣，樂彩收入大大打了折扣，突然間樂透已經不再是樂透，而是一種潛在的傷痛。

又有樂透得主相繼遇害，而遇害的方式越來越多元，一開始的案例都是遭重物重擊身亡再分屍，而近期新增了有汽車故障開入山谷之中，更有新傳出被開槍射擊死亡的案例，可以知道兇手的手法開始有所不同，而槍枝的出現讓媒體伺機大肆炒作。

唯一維持恆定的法則是兇手的堅持，堅持按照順序，一期接一期的將樂透得主殺害，屢試不爽。

一位樂透得主R先生直接在媒體中喊話，犀利的言詞，明確的表達他要把樂透殺手給繩之以法的決心。

畢竟未來若被樂透殺手奪取性命，再多的財富也沒得享用了，所以他祭出一半財產為籌碼，但是在身邊穿著西裝戴著墨鏡的保鑣重重包圍下，看似得到了保護，卻是更加明目張膽的加速曝光與提高風險。

所謂重賞之下必有勇夫，不只有警方，開始也有許多偵探團隊開始進行調查，甚至連抓姦在行的徵信社，也覺得比起長期跟監偷拍，孤注一擲來抓個兇手，或許就可以抵過好多年的營收。

畢竟即使幫有錢的貴婦抓小三，也絕不會有案件如此這般，破案就有上億的酬勞，不如試一試。

因為開始引起討論，也有談話性節目開始請名嘴來討論這一連串的恐怖事件：

『或許是因為越來越多人關注，也越來越多資源開始進行調查的原因，促使兇手開始轉換行兇手法，甚至開始使用了槍枝。』

『有消息指出，有樂透得主在還未遇害前，已經引起家庭紛爭，開始有了財產繼承與爭奪的情形。』

『最近的樂透被害人是一位將大部份財富都捐出去的人，依然招致殺害，證明即使放棄財富，依舊無法挽救自己。』

『根據可靠消息，此事件幕後有黑道涉入……。』

『兇手到底何時落網，讓我們繼續看下去！』

越多人投入調查，加上媒體與名嘴眾說紛紜，看似越來越明朗的線索其實越來越模糊，很多滿天飛的無言亂語有時反而誤導了方向。

現在這樣的情況下似乎不會再出現「樂透」了，一來越來越少人買了，二來中獎金額不高，除了那些深陷其中的新聞傳播者、造謠者、欲破解者、辦案者，其他非利害關係者，也就是普遍大多數老百姓心中，這已經轉變成茶餘飯後的話題了，反正中樂透的不是自己，這類的新聞看多了也就變成看熱鬧與看真實連載劇情一般。

但是一直出現悲哀的新聞畫面，即使為了保護與保密受害人家屬打上了馬賽克，還是在新聞中看到哭哭啼啼的畫面，又讓這個社會動盪得很灰色，像是隱形沙塵暴一般，籠罩著台灣，籠罩著每個人的心中。

案子一天沒有破，治安就好像一直都不好，人心就是惶惶。

兇手太過聰明，似乎又掌握著每位樂透得主的行蹤，警方的調查實在沒有突破性的進展，只能努力保護樂透得主清單上的每一位，而這每一位都失去了中樂透的歡樂與希望，帶來眾多家庭的煩惱。

偏偏受害者哭啼的畫面與隔壁老王的說詞又是媒體的寵兒，一個富翁的殞落，一個家庭的傷痛，外加很多人性的真實。

『請問你家人受害你是什麼心情？』
『嗚嗚嗚……我不想活了！有錢有什麼用……。』
『請問你會是億萬繼承者嗎？』』
『對不起，當事人心情悲痛無可奉告，任何問題由我代表當事人回答。』
『哇塞！我都沒預料到隔壁鄰居然中樂透，我還在猜說他最近怎麼買新車又讓小孩轉學到貴族學校，原來唷！』
『我真不敢相信這麼好的一個人會有這樣的下場。』
『中了樂透也沒還我錢，上天是公平的啦！果然有報應！』
『上個月他才辦桌慶祝完，馬上被黑道盯上，沒想到兇手比黑道狠，果然討錢跟討命不一樣，咦！記者大哥你真的會幫我打馬賽克跟調整聲音嗎？』

依照地理位置，從西澳往東澳挺進的過程，我似乎離台灣越來越遠，但是也隨著我一點一點達成的里程碑，離結束旅程的日子也越來越接近，彷彿我又離台灣越來越近了，又近又遠的情形在我體內激盪著複雜的情緒。

我是這樣純粹的前進，也是這樣純粹的回去，名字再單純的我，看來也無法有單純的人生了。

一股腦想往前探索著，好奇什麼樣的景色與人物等待著我，前進，也是為了轉身回味，前進，也逼迫我面對，跨越這個期待領域之後，我知道回去台灣我要面對的是樂透殺手。

是的，從網路上看到，媒體取的名字，「樂透殺手」，專殺我這個身份的人。

讓我煩心的是，樂透殺手本來以一個月幹掉一個為節奏，現在因為開始受到社會關注與眾多調查的壓迫下，似乎惹惱了「他」，加速了行動。

不到一個月就開鍘，更動用了槍枝，按照近期的頻率看來，我用 Excel 試畫了一張圖表，再加上一個函數，簡單算出了線性動力方程式，依照這個速率前進，再三個月就輪到我了，加速我的該面對死亡的時辰。

沒想到線性方程式 $Y = aX + b$ 不只用來考試，我首次用在我的生活上，估算大難臨頭的日子。

「他」？沒錯，我猜測他是男性，純粹因為歷史上這種奇怪的案件幾乎都是男性，不管在哪個世代都背負很多壓力與莫名的大男人主義。

日本街頭的無差別殺人案件，所有兇手都是男性，台灣也是，台中的食人魔也是男性，台北的捷運無差別殺人事件也是男性兇手，這種恐怖的行為為何都是男性呢？女性動機明確，用王水犯案的清大女同學，就是情殺，清楚明瞭，所以我假設我要面對的就是一個男性。

這陣子就當我是逃避好了，我不想再看網路上任何台灣的新聞，就像是不到考試前一天，我是不會卯起勁乖乖K書的，暫時不想去更新線性方程式，雖然我早就認清這速率會漸漸提升。

我跨越了西澳到東澳，到達睽違的大城市，本來非常嚮往荒野的我，突然對於熟悉的都市生活有了期待。

而騎摩托車騎了這陣子，我反而想念搭車的感覺，過去住慣了公寓，我終於可以搭帳篷野炊，而在戶外住了這麼多天，我又想念起床鋪的美好了。

人就是一種犯賤的動物，越得不到的越想要，越不知道的越好奇，你可以說是進步的動力，也可以說是犯賤的魅力。

這讓我想起了自己寫過的一篇文章，完全說中我現在的行為模式。

我曾經在一次人文精神課程中的報告，寫了一篇小論文，叫作「別人的泡麵總是比較香」。

所謂「別人的泡麵總是比較香」理論，其實是一種物理擴散現象。當這碗泡麵在你面前時，隨著蒸氣上升，你只聞到了熱氣跟麵條的混合，真正讓人聽說吃多會變成木乃伊的調味包細粉，透過攪拌與蒸汽的放送，將細細的粉末味道緩緩在空氣中流佈，遠方的人比你還食指大動，你在吃麵別人在喊熱（台語）的時候就發生了。

仔細想想，你不覺得每次別人吃泡麵都很香嗎？比自己吃還要香？或是看別人吃東西，好像比較好吃一樣。

這樣的現象不只是鎖定在食物範圍，在我們每一個人的腦中，都有實踐這理論的潛力，因為人都有著無窮的貪婪與欲望，外加上好奇心點綴，你不知道的，也就是最吸引人的。

羨慕別人的女朋友比較漂亮？結果搶過來之後發現跟預期的不一樣。

忌妒長官領的分紅比較多？結果哪天自己升上去了，才發現背負了更多壓力與責任。

店家大排長龍，大家都買到了，要是我沒有買到，不就虧大了？趕快去排隊。

中樂透的人說他很煩惱，沒中的人說好想要有這種煩惱唷！

羨慕別人在國外念書？但是其實他一年只能見到家人兩次，其中一次還是用視訊的，他羨慕你可以與家人在一起慶生，你羨慕他可以逃離家人的嘮叨。

你說某某師兄清心寡慾又公益，但是他對於助人為善的表揚狀與牆上褒獎的匾額可是有無窮盡的收集慾望啊！

平時要怎樣都可以，在體檢的前一天，體檢簡介上寫著前一晚禁熬夜喝酒，偏偏這一天就是好想拿起冰箱那瓶冰涼啤酒，而體檢完當天終於可以喝了，卻突然沒有感覺了，因為今天其實沒那麼想喝。

我果然陷入了我自己曾經假想的理論中，騎機車奔馳是我的夢，但是落腳大城市，這幾天我卻只想搭捷運與巴士，突然間這個夢暫時有點疲累與塵土滿滿。

我也想著這時候的同學們與朋友們，應該都開始在職場或是下一個跑道上奔馳了，小舒在展場受到大量單眼相機的崇拜，阿燦在基金會充實的與康老闆一起工作，而我在這裡作夢，好像落後了他們，我突然覺得自己這些行為與舉動似乎有些怪異，我確信假如有人正在摩托車旅行，我一定會羨慕著他，而我現在正在摩托車旅行，我卻有點羨慕在台灣的那些還在正軌的人。

雖然我不知道哪條路才是正確的軌道，也不知道我正在吃的泡麵是否是最香的，只是突然間有些懷疑與不踏實，畢竟這個世代大家都盲目的循序漸進，跟隨看似正確的潮流前進，我們都是被制約洪流浸淫甚廣的一群。

大家都念大學，就跟著去念大學，大家都想好成績，就都跟著去補習，大家都覺得這些科系有錢途，不選擇電子電機就可惜了，生物科技正夯呢，而畢業後大家都覺得醫生與律師才是有錢途。

因為當你奮鬥途中爆肝與出狀況時，醫生會治療你，律師會為你打官司，好像也不無道理。這世代好像都被安排好行程了，什麼時間做什麼事，什麼年紀該結婚，何時該抱小孩，要是沒有在正軌上的人們，總是會恐慌，不慌張的也會在周遭三叔公四嬸婆詢問下感到困擾。

難怪我會有這種不安全感，尤其在我跳脫出原來軌道之際，但是我也明白，就算我逃，終究還是要回去這世代的大染缸，繼續前進，畢竟這就是我的世代，保守與自由的過渡時期。

在阿得雷德的城市免費巡迴巴士上，我已經在城市中繞了第五圈了，我還沒有下車的衝動，突然很享受這種沒有太大動作，但是卻不斷的隨處移動的感覺。

窗外的建築一下摩登一下古老，我在歷史與現代的衝擊下擺盪，我猜想著澳洲的青年們，是否有這個世代的苦惱與哀愁，其他國家的孩子們呢？

偶爾戴上耳機聽著彩虹樂團（L'Arc~eb~Ciel）的《Ark》專輯，就有如 Ark 方舟般，承載著我所有的煩惱。

稍微悶熱的巴士內，我昏昏欲睡。

睡夢中我人好像在杜拜，盲目的花錢與沉醉，內心充滿了不安。當我突然被一位非常優雅紳士的搶匪，溫柔的洗劫一空之後，我發現我口袋裡空的很輕盈，我的手銬好像突然被人撬開，獲得了自由。

但是還來不及笑，我轉身一看，牆上浮現了我所有第一名的榮耀與獎牌。它們正在逐漸泛黃脆裂，理智的我知道那都是過往，應該放下，但是我卻伸出手好像想抓住些什麼，有著一絲捨不得，彷彿那些獎章證明消失，我也無法證明我自己了。

心跳很快，我覺得很累，我冒著冷汗，突然陽光灑進來。

我被曉曉捧著臉龐，感覺好溫暖，她對我溫柔地說：「別想這麼多，一起扭扭蛋吧！」

我剎然驚醒，發現熱烈的澳洲陽光透過窗戶灑在我的臉上。

據說全球皮膚癌比例排名第一就是在澳洲，空氣不好的台灣是肺癌，關於夢中的一切我好像可以解釋一些心境，我相信別的國家的孩子一定有著這世代的宿罪。

當然，也一定有這世代的專屬扭蛋，轉開了就有驚喜與快樂。

突然一位西裝筆挺的白髮老先生拍拍我的肩膀，他問我從哪裡來。

我呆呆的告訴他我在透過巴士來體會這個城市。

他緩緩指向窗外建築，為我介紹這些建築的歷史故事與功能，好像城市導覽一般，他的口音就像我在柏斯鄉村酒吧裡認識的漢克先生一樣，好親切。

我忽然發現我坐著他站著，趕緊表達讓坐之意，這位先生的大手拍拍我肩膀，告訴我他就快下車了，謝謝我的好意。

「喔！我的站到了！」老先生把領口上面別的別針拆了下來，送給我，又說了一句：「歡迎來到阿得雷德，祝你有美好的旅程！」

我手掌捧著一個金色的別針，發現它是澳洲地圖造型的，剛睡醒的我很憨很呆，點頭道謝笑了笑，發現老先生已經下了車，我遺憾地發現自己忘記詢問他的名字。

怎麼會這麼幸運，遇到這麼友善的長著？這位老先生像是夢中非常優雅紳士的搶匪，把我的不安都搶走了，留下了一個禮物，讓我突然對這個世界充滿了希望。

有些時候，人的正面能量一直隱藏在心中，你需要做的就是別吝嗇把那一點點引線露出來，有些時候，連陽光都能夠為你點燃。

19

The Loyalty of Money
金錢的忠誠度

雖然說有錢能使鬼推磨，沒有錢萬萬不能，但是錢卻也不是萬能的。

其實人在賺錢的目的與使命絕對不是純粹就為了 MONEY 本身，甘願讓自己為了 MONKEY 獻身，是為了錢延伸出去的力量。

為了找件事情來做，為了那個想買的東西，為了接踵而來不停歇的帳單與房貸，為了養活家人而賺錢，為了債務而拼命，為了一份安全感，為了更好的生活，為了找到自己的價值，為了理想，為了及早退休，甚至只為了一個卓越的榮譽感而奮戰，其實這些都輕易的凌駕於金錢之上。

因此「賺錢」兩個字或許就是被我們用來通稱上述的這一切，而簡化的代名詞，我們要的，其實是我們的願望，我們的夢想，而不是那些鈔票與銅板。

我們對於願望與夢想的忠誠度才是最篤定的，無論它是否會改變或進化。

樂透得主R先生，已經邁入中年，在一年多前中了頭彩之後，還算是低調的使用財富，離開了上班族的日子後，默默的享受自己的生活，最高調的除了是加入頂級高爾夫球俱樂部之外，就是換了一個有錢的英文名字「Rich」。

自從懸賞一半財富緝拿兇手之後，他已經在媒體上大肆曝光，隨著後幾期得主陸續遇害，R先生更是緊張，深知很快就輪到自己了，雇用的幾組私家偵探也無明顯進展，即使保鑣重重包圍保護，R先生還是禁不住想出去透透氣，因為這陣子的擔心受怕實在是太悶了。

台北的大安森林公園，是R先生中樂透之前最喜愛的地方，他總是牽著自己的狼犬在這片城市裡的綠洲散步，那時候的他口袋裡雖然沒有什麼錢，但是擁抱著陽光與草地，他一直覺得自己是平淡而幸福的人。

樂透如梭，他現在已經是幾間公司的大股東，每天泡在頂級高爾夫球場裡，享受著頂級的草坪與特約的辣妹陪打活動。

就連幫他背拿球具的杆弟都是美女，讓他在打小白球的同時還能摸摸白皙的大腿。

他曾一度好面子的對著特約辣妹們吹噓自己，也唾棄大安森林公園的人潮，還有公園道路上那些被沒公德心主人遺留的寵物大便。

那個以前他最常待的地方，在他換了口袋也換了腦袋後，給貶為開玩笑話語中的敝屣。

「好想牽著狗再度踩踩大安森林公園的草皮呀……。」R先生開始思念過去，他思念的其實不是大安森林公園，而是當年的自己，那樣簡單，當然也沒有生命威脅的日子。

招呼著司機前往大安森林公園，前後也有保鑣車輛保護，在車子即將前進公園地下室的那一刻，R先生內心總覺得地下室不安全，好像裡面有埋伏，因此決定就此下車。

女人靠第六感，男人靠直覺。當直覺對了，就遵照內心的想法去做，是他買股票的方式，也是他摸女人大腿的衝動，他非常相信自己的直覺，其實也是相信那成為富翁後的莫名自信。只是他不知道他的眼神在買股票時叫專心，摸大腿時只剩噁心。

「離那片草地只剩一小段路了。」R先生內心期待著，拉了狼狗頸上的繩子開門下車。識相的保鑣也趕緊幫他打開車門，並環顧四周，做足了保護的動作，必要時用肉身去擋子彈也在所不惜，合約有寫好了擋子彈的價碼，而西裝內也有防彈背心，一切都在既定程序中。前後兩台保鑣車輛聽到無線電耳機內的通知，也立刻各派出兩位西裝筆挺的保鏢，準備跟上R先生。

R先生才剛探出頭正要站好，一聲短而有力的聲響，R先生就已經腿軟倒在保鑣身上，接應的保鑣驚嚇到宛如時間都靜止了，只在那瞬間的暫停靜音中看到R先生額頭上有一個彈孔，鮮血似乎晚了一秒才開始流出。

跟隨R先生的狼狗不斷大聲吼叫著，非常的不安。

地面上的保鑣人員都壓低身軀四周環顧，深怕狙擊手再度發動攻勢，開始有人跑進地下室內，也有人趕緊進車內躲避，因為車子都有裝防彈玻璃。

大家各自匆忙找掩護，畢竟這些人在保鑣生涯中，還沒遇過狙擊手，比較常在機場保護藝人，只要讓藝人別被媒體與粉絲侵擾而已。

畢竟這時候發薪水的人兩眼閉閉已經隔屁，大家只好兩眼開開各自逃開。

金錢的忠誠度，面對著生命，弱的就跟這些保鑣簽署的合約一樣，薄如一張紙。

R先生躺在地面，與他最愛的公園草地距離不遠，是他再也到不了的距離。

狼狗在主人身邊不棄不離，還不知道發生什麼事，只有一直舔著主人的臉龐，不知所措。

狗的世界不需要樂透，狗兒對於金錢的忠誠度是零，狗不會挑選富有或是貧窮的主人，他只會辨別主人的氣味，還有那常常撫摸牠的關愛。

按照排序，一如預期，又一位樂透得主被殺害。唯一不同的是，這次媒體版面將會更大，只因為懸賞的高調，還有這過程的話題性。

對街的頂樓，一具黑色的狙擊槍架在圍牆邊的黑色布幔上，四周沒有任何的人。旁邊一台小型 Mini Drone 直升機突然啟動，緩緩的升高。

小型直升機下方牽引著麻繩，隨著麻繩的升起，也隨之把麻繩連接的黑色布幔給一同拉起，布幔有如包裹般把黑色狙擊槍順勢包上。

不到五秒，狙擊槍已經像是被打包一般被 Mini Drone 直升機騰空帶走，往操控傀儡的那雙手飛去。

黑色包裹在空中擺盪，像是死神的鐮刀，快速滑過大安森林公園的上空。

現在的武器越來越高科技，一小枚飛彈也具有將一切歸無的威力。

如果說研發高科技產品是種進化，那麼拿高科技產品來做傷害人的事情，或許就叫退化吧！

一個廢棄工廠內，一個偌大的鐵門，鐵門上指紋與瞳孔辨識的門鎖跟這廢棄工廠有非常強烈的對比感，但是這對比被一台老舊的大卡車遮蔽著，誰也不知道這門內別有洞天。

厚重鐵門內有個像是實驗室的所在，精良設備齊全，資源補給充足，在這邊生活好一陣子都不成問題，更有著絕佳的隱密性與一堆不知名的高科技配備。

裡面唯二的房客是隻玻璃缸裡的變色龍，攀爬在那枝枯木上，不動的時候，就像隻仿真模型。

武器製造商 TrackingPoint 推出的「智慧狙擊鏡」（Networked Tracking Scope）簡直就是無敵的，不需要有高超的瞄準技巧，只要透過手機 APP 控制，狙擊槍自動就會瞄準目標，在最適合的時機點發射，保證命中目標，一切都在高科技的運算之中，絕無失手，不管你眼睛是否有散光還是弱視。

一位穿著黑色運動外套的男子，熟練地擦拭著槍管，一旁電腦螢幕中，有著大量的資料傳輸著，其中一個影片反覆播送著那場記者會的片段，樂透得主R先生高聲疾呼高額的獎金，就為了懸賞緝拿兇手的人。

男子伸手操控著滑鼠將螢幕上影片關閉，不疾不徐的低聲細語：「樂透就是罪惡！罪惡就應該消除！」

雖然充滿了自信，與百分百的執行率，但是內心仍然浮現一絲疑惑讓他皺起了眉頭。

那天在樓頂第一次測試智慧狙擊鏡，突然發現有台 Mini Drone 小型直升機在自己頭上盤旋，為了測試射擊準度也好，也為了不被打擾，他很快速的設定好方位，馬上就把 Mini Drone

給擊落了。

男子想一想，覺得一切都很順利，一切障礙也都排除了，智慧狙擊鏡也如預期的神準。

那一台誤闖入他狙擊試射範圍的小型直升機也給了他新的犯案創意：利用直升機來將完成任務的狙擊槍運送回到身邊，犯案現場完全不留痕跡。

除了一開始的架設之外，從使用 APP 進行指令，接著槍枝自行瞄準射擊，一直到小型直升機將槍枝打包空中運回，一切都在遙控之中。

這樣的架設一共有五組，包含了大安森林公園地下室，還有另外東西南北四處絕佳的高空視角。

有人說閉上雙眼，耳朵會顯得格外靈敏，常常游泳，肺活量會增強，事情因為專注與鍛鍊而得以進化，進化的同時，或許伴隨著其它事情的退化。

人在孩提時期總是輕易的大笑，長大之後常常忘記那抹無邪的笑靨。

悲慘童年的孩子，則是忘記了什麼是笑，直到成熟釋懷的那一刻，又再重新學會揚起嘴角。

躲在廢棄工廠的男子笑容，在多年前已經退化了，進化的是他的執行處決方式，智慧型犯罪嗎？殺人技術高超嗎？那些談話性節目的剖析講評，男子並不覺得有什麼。

他單純只覺得自己專注在做兩件事情而已，一是消滅罪惡，二是不要被抓到，如此這般，簡單的守則。

變色龍皮膚變了顏色，由綠色漸漸轉變為與枯木類似的咖啡色，牠能變的顏色不多，因為牠被困在這只玻璃缸裡。

男子能做的事情也不多，單純實踐他的守則，專注的執行處決，一樣自我封閉在這間廢棄工廠裡的秘密實驗室。

變色龍的受困是不得已，也如同男子認為自己的一切行為，也都是不得已。

男子做這些事並無法得到樂透得主的錢，那又為什麼要消滅樂透得主呢？

這世上，不用錢的往往最貴，也最無法取代。

20

這裡那裡 Place To Place

很多人說國外的月亮沒有比較圓，這是一種隱喻，想要表達國外其實沒有比較好，這是沒錯的觀點，不過真相是，國外的空氣好、天氣好，月亮相對比較看得到，也看得清楚，也亦或家鄉那朦朧的月才是心之所向。

摩托車就停在背包客棧裡的一個倉庫裡，如果說催油門純粹是手腕運動，那麼在阿得雷德的這一陣子，我才真正開始用雙腳好好的走，好好的停留在各大車站間，獨自等候巴士與電車，而漸漸我也再不是一個人了。

背包客棧裡的十二人房，其實是個不錯的選擇，太容易交到朋友。

那天只是純粹背起背包打算搭車去阿得雷德東南方的一個德國村，名叫漢道夫（Hahndorf），一位德國女孩茱莉亞（Julia）隨口問我要去哪兒，發現我要去德國村，馬上說要跟我一起去，然而經過這樣一陣討論，突然間房間內多位德國人通通都要跟我一起去，一個散步行程竟然有五位德國人陪我去。

我在思索，假如有人要去中國城，我會不會興奮的跟隨？還是說他們太過於思念家鄉，而我這個亞洲人的臨時起意，剛好勾起那前往的衝動，造就了今天房間裡近一半人的活動去向。

不過可以預期的是，雖然人在澳洲，但是我相信這一趟會很德國。

「那個德文 Manu 拼錯字了！」

「其實真正的醃菜不是這個味道，我去跟廚師說讓你嘗嘗紫色的。」

「你知道這個咕咕鐘是德國人發明的？」

「其實德國女生不太會喝啤酒，很多啤酒比賽是為了要展現男子氣概。」

他們每人都爭相與我解說德國村與真實德國的不同，讓我覺得有趣極了，要是沒有他們的陪同，我一定不知道這些事情，而聊著聊著我們也聊了許多背包客在澳洲打工的事情，發現了外國人的觀點，也思索了自己的感覺。

朋友圍繞的感覺讓我覺得好像在海尼根，有人一直叫我麻吉，有人一直默默關注我，而老闆的照顧與鯊鯊的搖尾巴都讓我有很多的踏實與歸屬感，好像我在澳洲也可以建立起自己圈子的錯覺，是否這裡是我該停泊的所在呢？

想到了過去鄰居的情況，我那位兒時的玩伴到美國去念書，因為所學在美國比較能發揮，因此長期在美國工作，他的父母引以為傲，但是每月每周每天，他的孩子永遠不在身邊，家人無盡的支持，把孩子推向光明的前程，也把孩子越推越遠。

我也想到我爸說過的，或許越有成就飛得越遠，他可以照顧更多的家庭，那是另一種對社會貢獻的方式，即便無法孝順到自己的家庭。

一位高中的同學因為考不上大學，爸媽用了錢送他出國希望鍍一層國外洋墨水的金，凱旋歸國才能夠符合這世代對每一位孩子的期盼，但是這位同學一點都不想回來了，那天同學會他告訴我，美國的月亮真的比較圓，他在那裡每場派對都比台灣的好玩。

其實那時候的我，內心是有點羨慕但是又鄙視這種崇洋媚外的，身為考試機器的我確信自己可以做足功課弄齊資料申請到國外的好學校，但是好像就是有點叛逆的想要證明，我可以在本土就優秀，絕不像你們需要出國鍍金。

其實內心深處是酸葡萄心理，要是家裡有錢供我出國念書，我相信我會毫不猶豫的點頭答應吧！

直到在澳洲的這陣子，我強烈感受到了澳洲的美好。

澳洲人的友善，還有這邊充斥各國人種的文化差異性，加上天氣總是很好，空氣總是乾爽新鮮，即使在這個世代，在澳洲電視打開也沒有那些政治鬥爭，也沒有大量的八卦與抱怨，治安良好，沒有太多的比較與競爭，少了耳語與升學壓力，人民收入豐厚，社會各階層大家都有能力照顧好自己與家庭，房價低廉……。

至少這邊挖完馬路，馬路會重新鋪平，而不像台灣坑坑洞洞或是多鋪一條OK蹦就草草了事。

想一想，我有也衝動想要永遠待在這裡，美好的天堂，湛藍的海水。

所以我似乎可以體會那些出了國就不想回來的感受了，那些想要移民人們的嚮往，更何況現在台灣還有追殺我這種人的瘋子在等我呢！

但是這些念頭只出現了一下子，想到了家人，想到了朋友，想到了我熟悉的一切，再怎麼樣我也無法拋下那我歸屬的所在，即便祂是那樣的被汙染、那樣的背負跨世代的原罪。

也可能我知道我不屬於這裡，因此很用力的體會異地的一切，用探索者的角度去摸索與接觸，或許待下來，成為了居住者，一切是否還是我想的那樣呢？

在背包客棧總有耳聞許多案例，那些來自泰國、越南無法取得打工度假簽證的人，透過來澳洲旅遊的藉口，躲到偏僻農場工作，一做就是十年，一但被抓就會遣返回國，不過當他回國之後，他比誰都有錢，這點投資絕對划算，而且也不像北韓的脫北者，被抓回去會被處罰什麼的，這樣的模式，還有人取了個稱號為「跳機者」。

也有不少外國人利用學生簽證，不斷的在澳洲進修，慢慢的熬，慢慢的念，漸漸達到有雇主保證的時候，也可以換成長期的工作簽證，這是另一種半移民方式滲透，叫作「技術移民者」。

更有聽過女孩直接嫁給澳洲人，取得永久幸福美滿簽證的傳聞，封號較為難聽，稱「哈洋屌」。

這樣的各種生態，其實都是人們的選擇，人出生無法選擇國家，無法選擇環境，但是如果可以，還是可以在有限的人生中，改變自己的未來生活，或許很多國家的這個世代，真的不好過，同個世代，不同的命運。

德國友人開始聊到他們回德國後的夢想與計畫，很多人回去要繼續完成學業，讓我十分驚訝，原來這群看起來與我年紀相近的青年們，很多才高中畢業，打算打工度假一年體驗過後，要回去繼續念大學，他們說，出來走走想想，比較知道自己未來要什麼。

大家似乎都有個默契，就是這段背包旅程只是一個短暫的停留，並不是永遠。

我恍然大悟，真覺得自己來晚了，很多事情在卯起來升學的一路上，來不及想，來不及停下來，留級、延畢、休學，這些字眼我們都唯恐避之不及，但是歐美青年們卻盛行著這 Gap Year 多年。

但是後悔歸後悔，我相信讓我重來一次，回到那青澀升學期，我可能還是只知道考試下一題要怎樣作答，而不知道自己接下來要去哪吧！屬於我的那個世代，Gap Year 太晚流行了，不過至少我參與到了，這一刻可說是水到渠成，阿彌陀佛了。

被得知我碩士班畢業服完兵役才到澳洲來，大家驚訝的不可置信我已經這把年紀，像個孩子似的被一群德國人圍繞，卻偏偏我才是其中的老大哥。

亞洲容貌或許是因為塑化劑吃太多，讓人羨慕我們的青春慢老，但是偏偏在午餐時想來瓶冰涼啤酒，卻又很悶的被店員要求要看護照，證明自己已經成年。

我想我要是台灣女性，被當成青春妹妹一定很高興，但是要被確認年齡的我，怎麼說都有一種被人低估的感覺，或許這也是種變相的大男人主義作祟？

其實旅行中看到的景色相當美麗，但是與這些外國人的文化差異衝擊，才是最令我感到新奇的，原來這個世代，別人是這樣在過，這樣在想，原來世界不是我猜想的那樣。

吃完午飯後，大家胡亂逛著小店家，我自己似乎也理出了些頭緒。

有人喜歡呼喊著愛鄉愛國的口號，有人總愛購買進口的貨品，月亮圓不圓都是人的選擇而已。

無論我們飛出去，是逃避還是爭取，相信絕不是最終目標，這一切都還是過程。

美好的一天，我們晚上在德國香腸與德國豬腳的香氣下畫下句點，隔天不少友人都要離開阿得雷德，前往下一個目標。

當這些才剛玩開的室友們都相繼離開了這間背包客棧，我有一點孤寂的感覺，也感到自己是時候該前往下一個地方了。

打開電腦，看看消息，只要單純避開那令我頭痛的樂透殺手就好，翻閱了 Facebook 與其他通訊軟體，我發現都沒有曉曉的音訊，更讓我寂寞的感覺加乘了。

妹妹則寫了封信告訴我基金會決定接受我那份計畫書，決定要組一支偵探隊來調查了，雖然她也知道這個計畫的撰寫人老兄我，預計還有兩個多月才會現身基金會，但是妹妹禁不住對此案件的好奇早已展開調查。

偵探隊長是對這個計畫有著高度興趣的阿燦，我大概也猜到他純粹是掛名，實質還是需要妹妹的資訊能力，但是有著大家的支持，我突然覺得自己壽命應該還很長。

意外的是，基金會裡面都沒有人懷疑提案者是誰？還沒跟那個人碰面就展開調查了，好像這計劃是基金會自己要成立的一樣。難不成，大家都知道是我？

一向不喜歡有人打擾自己的阿計，這幾天總喜歡在自己口袋裡放著那顆變型的子彈，那顆擊中自己 Mini Drone 的罪魁禍首。他不時拿出來把玩，又不時在那陰鬱瀏海下的露出若有所思的表情。

想了兩天，阿計再也無法忍受這樣莫名其妙的打擾，因為 Mini Drone 的損壞，前陣子申請的那筆獎學金又還沒撥款下來，害得他的夕陽連續攝影記錄被破壞，加上這台 Mini Drone 對他來說又有更深的意義，這是比他沒事就被小女生搭訕還要困擾的事情。

他終於耐不住不滿，跑去中興精密所找了學長借了些儀器設備，很快的把子彈口徑、材質給分析了出來，並開始埋首於圖書館與網路資料庫，終於被他查清楚這把子彈的型號與歸屬的槍枝，也進而查到這把狙擊槍的所有資訊。

人生很多事情也是這樣，你去研究了，你便能參透。

台灣畢竟是有槍砲彈藥刀械管制條例的國家，民眾無法輕易持有槍械，更何況是狙擊槍。要查到這些槍的擁有者，阿計知道他還需要更加強大的訊息，包含這把 TrackingPoint 公司的 Networked Tracking Scope 智慧狙擊鏡代理商與買家，還有台灣槍枝走私的交易的訊息，他突然想起有人可以幫忙，很多時候天才也是需要團隊的力量，人無法永遠靠自己，那個他心中的完美幫手是他高中時期的學妹，於是阿計馬上撥了電話給她。

「有些事情需要你幫我查查，有空嗎？」阿計一邊講一邊手撥弄著頭上的瀏海，似乎這些瀏海開始有困擾著他的感覺，其實正在困擾他的是智慧狙擊鏡的來源。

阿計大致講完了需求狀況，電話那端的學妹，似乎越來越鬥志高昂。

「喔！這麼巧，你也感興趣啊！我今天剛好正在駭進一個祕密軍火商的電腦，也在查你說的智慧狙擊鏡的下落耶！我正在查前幾天智慧狙擊鏡幹掉樂透得主的事件，還查到事發當天天空上有遙控直升機的資料呢！難道你對樂透殺手也感興趣啊！」

「什麼？最近那位很紅的樂透得主就是被這把狙擊槍、被這款子彈殺害的嗎？為什麼還有遙控直升機？」阿計瀏海下的眼睛瞪得很大。

一個男生手提了一袋便當剛從機車停車場走出來，緩緩的走向一間小店，在進入小店大門前，他用手摸了摸臉上的鏡框。

走進之後，突然一個名叫妹妹的女生，興奮的轉身向大家說：「嘿！大家注意，我們團隊有人要加入啦！我剛說服了一位我以前的學長要來幫我們，他是個超級天才唷！阿純那個等級的高手唷！哈哈！如虎添翼！我們很快就可以找到兇手啦！」

「哈！誰啊？瞧你興奮的，我們先吃便當吧！吃飯皇帝大！」阿燦已經拿著筷子夾住了滷蛋。

「好啊！基金會需要高手的加入！」康老闆蹲在角落與鯊鯊玩握手，接著順勢起身朝阿燦的後腦勺打去，「你是嫌我店裡東西不好吃嗎？竟然跑去買便當。」

凡走過必留下痕跡，凡住過必留下鄰居，凡睡過必留下未婚妻。

任何事情都存在著蛛絲馬跡，只是看你是否發現得到而已。

以阿燦為首，以妹妹為腦的偵探團就此加入了有著相同目標的阿計，雖然他的目標也是兇手，只是他為的是幫 Mini Drone 報仇，還有那被破壞的計畫，而不是為了那些樂透得主。妹妹才剛列出三筆智慧狙擊鏡在台灣的可能買主名單資料給阿計，阿計在沒有通知團隊的情況下就默默的出發行動了，反正翹個幾天課，他一點也不在乎。

他打算一一搜索出來釐清，到底誰打擾他打飛機。

喔！不！到底是誰打壞了他的直升飛機？

阿燦右手還拿著筷子吃便當，左手抬起來摸摸被康老闆拍打的後腦勺，搔了又搔，突然想起小舒，因為小舒總是喜歡亂打人，那陣陣痛感，讓阿燦不自覺傻笑了起來。

有時候記憶裡的某些疼痛，是甜蜜。

21 啤酒 Beer

在阿得雷德的背包客棧裡，不知道為何，室友的流動率很高，大家在這城市似乎都只做短暫的停留。

很快的我待的房間裡，認識的人幾乎都走光了，新房客一時還沒來得及補進我們這間房來，認識的人就剩下一位，那位睡我對面下鋪的一個龐克頭德國男生歐塔（Ota）。

因為他在這間背包客棧長住，每天只要幫忙打掃房間，他就可以在這免費住宿。

這樣的食宿交換（Help Exchange），有些體驗農場是供吃供住，而背包客棧通常都是換宿，假如平時消費不高，這樣的模式確實可以省很多錢，甚至看過有背包客為了省錢向客棧談好長期價碼，租了客棧的一塊草地，搭帳篷入住。

龐克歐塔的個頭高大，總是穿著一件黑色背心，駝背的模樣，緩慢的動作，感覺日子過得很爛漫愜意。

真不知道他在這背包客棧裡住了多久，這樣日復一日的生活著，而他臉上總是掛著微醺笑容，好像從來沒有酒醒過。

在一群人共同遊玩德國村漢道夫時，他就是這副模樣，在陽光下像是曬暈了，在室內像是喝茫了，彷彿活在夢境裡。畢竟他自嗨而又不困擾別人，只是他的表情笑得很猥瑣，實在不知他在想些什麼。

歐塔（Ota）這名字對於考試機器來說實在不容易忘記，讓我想到那次修電子工程學的考題，名詞解釋中的跨導運算放大器（Operational Transconductance Amplifier，OTA），查機票時常用的線上旅行社（Online Travel Agent，OTA），還有那年弟弟闖禍，惡作劇打壞而賠給別人的天文望遠鏡筒（Optical Tube Assembly，OTA），不過認識他之後，以前那些英文縮寫我應該都會刻意去遺忘吧！因為「Ota」已經代表龐克微醺的猥瑣笑容了。

另外，為什麼這世界這麼多的英文縮寫？縮寫無罪，要我們背，那就是罪孽，我只想用英文縮寫反饋吶喊一下，WTF！

喔！別想歪，WTF是世界跆拳聯盟（World Taekwondo Federation）。

早上我整理著背包裡的雜物，目光轉移到一旁那只睡袋，旅程至今都還沒洗過，想一想也挺可怕的，正打算拿去洗衣間洗一洗。

回頭審視自己的背包，看著這經歷風霜的背包，似乎人要漂流，帶著這只背包就足夠了，人需要的東西其實並不多，只需要一個滿足感而已。

可惜人總是不滿足，想想自己戶頭有那好幾億，突然間覺得很奢侈，也很無謂，畢竟這筆財富是天上掉下來的，依照前陣子新聞描述的，就算樂透得主放棄了這筆錢，樂透殺手依然還是會追殺的，而我既然要放棄這筆錢，那麼我為什麼當初有這個動機去買樂透呢？樂透樂透，我卻怎麼也想不透。

被追殺這件事又讓我皺了眉頭，人有煩惱時，果然無法得到內心真正的平靜與快樂。對面下鋪有了「蠢蠢」欲動的的聲音，龐克歐塔剛醒來，隨意對我說聲 Hey 之後，竟然就伸手從床底下拿出一支啤酒，是綠色標籤的 Coopers Brewery 啤酒，直接扭開開始大喝了起來。

想一想德國人是不是真的把啤酒當水喝啊，我這一生從來沒有一睡醒就喝啤酒的經驗，當下有點驚訝，但是又嘖嘖稱奇的觀賞著眼前的酒精動物。

他意識到我看著他好奇的眼神，果然他誤會了，他以為我很想喝啤酒，隨即又從床底下拉出了另一支啤酒，很豪邁的丟給我。

棕黑色玻璃瓶上面有著綠色標籤的 Coopers Brewery，就這樣在兩張床之間飛耀，橫向越過了房間的走廊，飛到我的手裡，我腦海裡突然想到了巴西小子的啤酒，也放在床底下，該不會躺在啤酒上方是睡得香的祕訣之一吧？

我也似乎意會到，能將人與人之間距離拉到僅有酒瓶蓋這麼小，就只有啤酒有這樣的超強魔力吧！稱作酒後搏真情。

他問我打算去哪裡。

我說我準備去墨爾本。

他問我去過袋鼠島（Kangaroo Island）嗎？

我說澳洲基本上就是一個超大袋鼠島。
他說我喝酒喝太多搞錯了，阿得雷德西南邊有一座小島叫作袋鼠島。
我說你搞錯了，喝酒喝太多的是你。
他說假如沒去袋鼠島就等於沒來過南澳。
我說這主意不錯，我今天就啟程去袋鼠島。

突然間的念頭，讓我異常的執著，本來計畫是一路向東前往布里斯本，下一個城市本來應該是墨爾本，那個被票選為最適合人類居住的城市，但是歐塔丟出啤酒的友善，以及他的一句話，總讓我覺得，不去袋鼠島，我可能這輩子都沒機會去了，莫名其妙的被他說服了！

其實人生中就是不斷的在選擇，而我們也一直被命運選擇著，升學填志願是我們在選擇，但是分發到哪裡卻是命運了，你說可以只填一個志願就好了，這叫作擇一固執，我說最後分發完沒學校念，還是命運，你說現在學測有好幾次機會，我說，那麼你講的是下一個世代的事情，我這個世代裡只有隔年重考這件事。

我格外喜歡自己那種衝動下做的決定，有時候一直在常規下突然走偏，會特別有記憶點，好像這些記憶點才能代表著我們在無奈下有點叛逆，叛逆代表著，我們在命運掌控下，其實自己是可以選擇些什麼的。

碩班一次期末考前夕，五六位同學聚集在阿燦的租屋處討論著筆記重點，那本好像我撰寫了一學期就是為了這天給他們看的筆記。記得阿燦那一天很不想念書，他喊了一聲：「吼！好想打麻將唷！」

小舒也附議：「啊唷！不想念了啦！這工程數學干我人生屁事啊！」

好一句干我人生屁事，只是當掉重修的話，那麼人生中這堂課就要再Repeat一次，傅立葉級數與傅立葉轉換（série de Fourier）、那拉普拉斯轉換（Laplace's Equation）就會繼續困擾你一個學期，這就是該你再付一次學分費的事了。

當下不知道哪裡來的感覺，向來我都是扮演理智角色的那一位，我突然也想作亂，我也知道大家只是喊一喊，一如我們總是一直在吼叫一樣，喊完了、抱怨完畢了，還是會認命的繼續埋首挑燈夜戰。

我說服式的說了一句：「在人生漫長旅途中，當我們老的時候，我們會忘記工程數學考試，也會忘記今天的熬夜K書，但是要是在期末考前一天打麻將的話，這件事絕對會印象深刻、永生難忘！」我一邊講一邊試著模仿自己老爸說話的哲學口吻。

阿燦已經默默的翻箱倒櫃尋找麻將，其他人彼此狐疑的對看，我開始動手把小方桌面給清空，小舒已經開始打電話預定巷口的鹽酥雞了。

萬事俱備，只欠東風，三人都已經動作完成，三缺一的魔力讓人悸動，馬上有一位同學丟下手上的工程計算機補上缺口，而其它的同學則開始猜拳，打算決定下一個換誰上。

不知道是壓抑久了，還是因為已經挑起了那根叛逆的神經，這個房內大家都不念書了，期末考前一天，以學校為中心之方圓百里，是哀嚎遍野的氛圍，唯獨阿燦的房間內，我們歡愉又自由的打了場通宵麻將，我敢說這一天只有我們最快樂，但是明天也最傻眼。

而我果然就如我自己說過的，如今我早忘記考了什麼，我只記得我們那天打了場痛快的麻將，記憶點只記到了考工程數學那天，老師正在發考卷的時候，我們幾個人互相望了望，表情非常有趣，那是又驕傲又擔心不會寫的緊張，我們每人的微笑都很逗趣，這是我們的祕密，也是我們衝動的樂趣。

印象中老師這次出題很有誠意，當然最後我們都 Pass 了，只有阿燦被當掉，想幫他也沒辦法，因為他寫到一半不小心睡著了。

都是因為前一晚吃鹽酥雞時，他自作聰明的開了冰箱裡的啤酒猛灌……。

衝動，衝出去的舉動，或許是突破，或許是顫動，每每的衝動都讓我驚豔，出乎意料的發生有時候真是讓我回味無窮，或許年少無知時常常衝動闖了禍，但是在這不誇張脫序演出的人生中，這些衝動成為了我引以為傲的精彩，如同摩托車旅行、如同改變路線，如同我或許應該大膽對曉曉表白才對。

歐塔的啤酒在我手上，向來不太喝酒的我，此時才剛開始踏上啤酒魔力的第一步。

啤酒！無法抗拒的人生關鍵字，我想關鍵的不是啤酒，而是因為啤酒延伸出的一種認真又放鬆的態度：發酵↓氣泡↓乾杯！

已經一週沒有碰摩托車的我，當我再度跨上椅墊，熟悉又興奮的感覺溢於言表，繼續乘著風在主要南路（Main South Road）奔馳，大概一兩小時，我就看見了大海，一整個在安全帽內大聲歡呼，這裡是開普傑維斯（Cape Jervis），搭遊輪的所在。

為摩托車 TRANSALP 買了張票，也為我自己買了張票，就這樣將車騎進了大船裡，在汽車陣中，重型機車的樣子挺突兀的，但是也可以說是搶眼。

我將車停好，到樓上找了個靠窗的座位坐下，好可以隨時注意 TRANSALP 在下方的動態，將全罩安全帽放在桌上。

隔壁的澳洲小女孩打趣的看著我，我對她笑了笑，她馬上害羞的躲回父母的懷抱，而我只看到她的父母微笑的嘴型，因為他們戴著太陽眼鏡，實在不知道嘴部以上是什麼神情。

坐在船上，空氣中夾雜著海水的鹹味，還有一些郵輪運轉產生的廢氣味道，我又開始胡思亂想了。

是歐塔的建議，讓我踏上前往袋鼠島的衝動，而想到了他手上的那支啤酒，讓我想到了設計的思維，還有人們的行為。

澳洲的玻璃啤酒瓶通常都不需要使用開罐器，只要用手扭開即可，這樣的設計在美國許多地方也是，因此在澳洲的紀念品商店比較少看到開瓶器。

為什麼用手直接轉開即可的設計，沒有在台灣發生呢？

或許當玻璃啤酒瓶蓋不需要了開瓶器，相對的製作開瓶器的工廠開始失去訂單，金屬原料工廠也失去了開瓶器的製作需求，整個供應鏈因此失去了很多就業機會與商機。但一開始為什麼就不設計成用手開呢？

就像是常常在開紅酒時才發現沒有開瓶器可以把軟木塞打開，也是個很麻煩的時刻，為什麼不設計成旋鈕式寶特瓶的開瓶方式呢？

確實現在很多紅酒瓶都是旋開即可，但是假如沒了軟木塞，羅伯特虎克（Robert Hooke）先生也不會因為軟木塞的顯微觀察而有了細胞的概念，進而出了《細胞》（Cell）一書，而那些紅酒軟木塞的收集者，或許就失去收集的一大樂趣了。

這樣的設計缺憾也在香菸裡發生，超多人買打火機通常都是因為弄丟了，就如同吉他手買吉他撥片（Pick）通常也都是弄丟了，而不是用壞了，面對這樣總是沒有打火機的困境，為什麼不能在香菸盒裡附上幾枝火材棒，而香菸盒表面增加一條磨擦條用來點火呢？是為了打火機的銷售嗎？

以前有個網路笑話說到，一間製作保險套與製作奶嘴的公司，會在每十個保險套中將一個保險套打一個小洞，目的就是為了奶嘴的銷售量……。

有些人不喜歡皮夾太厚實的麻煩，而有了鈔票夾的設計，有人說有錢人都使用長皮夾，但是偏偏我看到很多有錢的長輩，習慣從口袋一掏出來就是一疊錢，所謂的皮夾就是他的口袋，如果說褲管也是這皮夾的一部分，那還真的是夠長了，這跟有人喜歡裸體開汽車，而聲稱汽車就是他的衣服一樣，有異曲同工之妙。

許多設計或許都有些典故，但是很多無用的設計，卻是從來沒有改變過，像是我就不明白為什麼每次要「關閉」電腦時，在Windows下，偏偏要先按「開始」，是因為有開始才有結束嗎？就像沒有愛哪來的恨？

是我們的行為去創造設計，亦或有人設計了什麼，讓眾人行為因此改變，我腦中繼續不斷冒出問號。

是我們設計了行為，還是很多行為基本上就是被設計了？

想到歐塔的嗜酒如命，讓我想到我親愛的姨丈則是嗜菸如命，他說過他人生最大嗜好就是抽菸，而他也是因為菸害導致疾病而離開這個世間的，或許對於軍人來說，最大的榮譽就是戰死沙場，自己選擇的，自己欣然承受。

惡靈古堡第三集，大滅絕（Resident Evil: Extinction）裡面，一位被殭屍包圍的男子，在臨終前終於得以抽口菸，那渴望與陶醉表情，真是令人莞爾，但是或許人生很多過多與不及的痛，都沒有擁抱自己所愛來得「痛」快吧！

難怪就算摔車犁田在地上，我也還是對於這趟旅程興奮不已。

小時候的想像力豐富，是用來幻想與尋找樂趣，漸漸長大後，發現自己都會因為景像事物來聯想到自身過往經驗，或是連結無生命物品與有生命有機體的情感，不知道這世代的其他靈魂，是否跟我一樣有偶發的多愁善感，或是透過思索來沉澱自己與理清頭緒呢？

那位盯著我看的小女孩，未來長大是否還記得她看到一個騎士登上大船，還對她微笑的模樣？是否這個場景的海水鹹味與船隻運轉發出的廢氣味道也在她童年記憶中？

隨著船身的漂流搖晃，我的迷惘與困惑，外加許多胡亂猜想的批判與感受，都沉浮在這大海之中。

突然好想來瓶冰涼的啤酒！

22

野蠻之島

Island In Wild

從地圖上看袋鼠島（Kangaroo Island）看起來就是頭朝左邊的一條魚，船隻從接近魚尾位置的潘尼蕭（Penneshaw）靠岸，登陸後我已經迫不及待踏上歐塔口中所說的必玩之島。

才剛剛啟程就發現潘尼蕭這裡有一家青年旅館 Kangaroo Island YHA，剛從阿得雷德背包客棧離開的我，一點也不想再住客棧了，物極必反原理，現在的我渴望的是搭帳篷野營，所以頭也不回的就往馬路奔去。

一眼望去，島上可以說是高低起伏，我騎得很慢，深怕錯過些什麼，感覺這個島非常的天然與野蠻，才騎不到十分鐘，我就發現一隻大針鼴（Echidnas）在過馬路，全身充滿著針刺在身上，就像隻加強版的河豚，心裡納悶，假如有車子快速駛過，不就爆胎了嗎？

深怕牠會被車子壓到，我停在一旁目視著大針鼴緩緩走向馬路邊，我才安心離去，突然覺得身處在這個島上，彷彿來到了許多野生動物的家，我的笑容更加燦爛了。

澳洲的島嶼命名都很有趣，純粹就是探索者直觀式的命名，那種感覺很像是台灣被葡萄牙人呼喊了一聲福爾摩沙（Formosa），我們就此與這個名字有了關聯一樣。

西澳的羅特內島（Rottnest island）因為荷蘭航海家到達這個島的時候，以為那短尾矮袋鼠（Quokka）是大老鼠，因此取了一個鼠窩（Rotte-nest）的名字，而英國探險家馬修・福林達斯（Matthew Flinders）登陸潘尼蕭後，比較有常識，看到袋鼠後就命名這個島為袋鼠島（Kangaroo Island），如此這般。

我也很納悶這些名字到底誰說了算，我偏偏想叫它歐塔推薦野蠻之島、上岸後優先露營島，或是魚魚向左轉島。Whatever……。

右手邊出現了一間小酒莊叫 KI-spirit，進去後發現只有老闆娘一個人，試喝了一口酒之後，我們開始聊起天來。

老闆娘叫莎拉（Sarah），她覺得我一個人騎著摩托車來到這個島上很特別，有別於其他觀光團的巴士與露營車，聊著聊著，我說到剛剛發現了大針鼴的事情，讓我覺得這個島一定很有趣，莎拉竟然說她家裡有更多的野生動物，邀請我去看看。

就這樣，她竟然就把店給關了，開著車領著我去她家看看那些動物，還直說沒關係，平日生意本來就不好，發現對野生動物好奇的年輕人比較有意思。

來到不遠處的一個房子外，一隻全身白只有頭是黑的小狗向我撲來，嘴裡還咬著一顆球，並把球遞給我，我下了摩托車把球往一旁丟去，喊了一聲：「來！給我！」

小狗不動聲色，頭歪著盯著我看，我也納悶，怎麼沒有反應。

我改口用英文喊：「Go get it!」、「Come on!」，小狗馬上把球撿回來給我，原來澳洲的狗狗是要聽英文的。

被小狗狗友善的歡迎，讓我感到很舒服，進入莎拉家中，迎面而來的是莎拉的丈夫，正與孩子們一起吃三明治，便邀我入坐。

其實我在想，假如哪天父親突然帶了外國人來我家，我一定會問：「爸！他是誰啊？」但是我的到來似乎大家都習以為常，很自然的與我握手後，大家就開始一起吃著三明治，我這一個外國人，好像他們鄰居似的，這麼的自然出現。

莎拉一介紹說我想看動物，莎拉的兒子就跳離餐桌，跑去房間。沒有幾秒鐘，就看到一個小男孩天真無邪的抱著一隻蜥蜴拿來給我。手抓著這隻蜥蜴，我發現蜥蜴的舌頭是藍色的，好奇的伸出手指頭逗弄牠，莎拉才告誡我說，牠咬人的力道足以把手指給咬斷。

「現在才講！」我內心驚訝的OS。

接著小男孩又提了一盒蛇給我看，短短幾分鐘要我承受這麼多珍奇異獸，還真是讓我驚呼連連，但是莎拉一家的友善，讓初次見面的我，感受到了袋鼠島居民的熱情。

莎拉一家人讓我想到了我跟阿燦第一次走進海尼根認識康老闆的經過。

吼叫研究所的午後，天氣太熱，我們突然很想喝杯啤酒，接著看到海尼根的招牌而走進那家改變我們一生的店裡。

一進店內，一隻頭帶著鯊魚頭布偶的黃金獵犬就衝過來往我身上鑽，老闆正拿著油漆刷為一尊摩埃石像雕塑清掃灰塵。

「這，不是復活島的摩埃嗎？」我脫口而出。

「這是濟州島的石頭爺爺吧！」阿燦也脫口而出。

「啊唷！識貨嘛！要吃些什麼，儘管點，老闆招待！」

阿燦在隔天上網圖片搜尋濟州島石頭爺爺後，才發現原來那天識貨的不是自己，但是卻也賺到了一頓好吃的餐點。

而康老闆因為一句濟州島的石頭爺爺，也上網購買了一尊回來擺在摩埃旁邊作伴。

熱情的狗狗，一樣熱情的老闆。

道謝完，我聽從莎拉的建議，騎到下一個景點，她說有個岸邊有海豹（Seal）可以看，似乎就叫作海豹灣（Seal Bay），果真是澳洲地名命名的模式。

不過天色漸漸暗了，我便騎到了一個涼亭邊停留，很意外的竟然開始下起了雨，我就索性將帳篷搭在涼亭裡，以減少風雨的侵襲。

我在涼亭內，獨自一人開始用汽化爐煮麵吃，想到今天遇到的一切，真是感到非常的震撼與開心，我想這個島果真像歐塔說的一樣，錯過就可惜了。

晚上只待在這個涼亭內挺無聊的，我用手電筒的光線，翻閱著之前阿得雷德背包客棧裡拿的免費雜誌，雖然說是雜誌，基本上是一本大量圖片的廣告冊子。

不過看著裡面的照片，看著一大堆不太熟悉的英文單字，這樣的過程也讓我感到有趣極了！我在島上，一個人，野蠻著，也文明著。

阿燦跟我說過，英文跟數學都是很幫助睡眠的東西，此刻的我有點同感，在疲累侵襲而來的感受中，耳朵聽到的都是一旁海浪的聲音，在海浪聲中睡去，我好像又回到了那艘船上，正看著一旁小女孩好奇的目光，有如我好奇看著袋鼠島的眼神，期待又怕受傷害的心情。

半夜雨停了，海浪聲更加清晰，沒能洗澡的我，又臭又疲累，明明很累卻睡不好，突然聽到一陣悉悉窣窣的聲音，好像帳篷外面有東西經過，但是那聲音一陣一陣，若有似無，本來不打算去理它，翻身倒頭繼續睡，心裡想著，或許是鵝吧！澳洲鵝的數量可不比袋鼠少呢！

突然我一陣驚醒，想到：「該不會是鱷魚吧！沒記錯的話，鱷魚應該是澳洲北邊的北領地才有吧！」

「如果是鱷魚，那不只是這趟旅程結束，可能連我的人生旅程都要結束了！」

帶著一點錯愕與心驚，我小心翼翼的把帳棚拉鍊緩緩拉開，眼睛瞪得很大，手抓了手電筒準備要打開觀察一下，但在月光的呼應幫助下，其實夜裡視線還算清楚，暫時不需要手電筒。

朝 TRANSALP 望去，竟然我的摩托車座椅上停了一隻可愛又奇怪的灰色動物，牠有著小小的粉紅豬鼻子，而整體模樣又像老鼠又像袋鼠，但是又偏偏不是這兩者，尾巴很長是黑色的，我新奇的盯著牠看，一旁又出現了聲音。

仔細一看才發現，我的帳篷幾乎被一群灰色動物給包圍了，我的動作一大，似乎灰色動物們也發現了，趕緊解散逃離。

我抓起手機趕緊拍下這有趣的照片，摩托車上的那隻也接著跑到樹叢裡。

夜裡意外的訪客，讓我感到很驚喜，而我也是牠們的訪客，畢竟牠們才是真正屬於這裡的居民，我只是個過客而已。

我的注意力被旁邊天際一陣明亮給吸引過去，我爬出帳篷外，發現遠方天空的雲似乎多到連接著地面，那堆明亮看起來就像是火光。

我內心非常震驚，總覺得那個方向是莎拉家的位置，該不會是失火了吧！我帳篷尚未拔營，東西也先不收，趕緊抓了一件薄外套披上後，我就騎著摩托車往火光飛奔而去。

經過莎拉家發現她們家一切安好，我也鬆了一口氣，但是距離不遠的金斯科特（Kingscote）小鎮，有棟房子正熊熊燒了起來。

我騎近一看，外面已經有很多人圍繞著，大家都忙著救火，也開始聽到越來越逼近的消防車聲響。

我跳下車，跟著那些民眾一起幫忙傳遞水桶，那些民眾看到一個東方男子的出現，臉上似乎有點疑惑，但是在這麼緊急的情況下，直覺式的就把水桶遞給我，讓我加入幫忙的行列。

把水桶交給下一個人的時候，我的目光才發現這棟燃燒中的建築是一棟旅館，大火的噬虐下，寫著歐隆旅館（Ozone Hotel）的招牌已經掉落地面。

當消防車到來的時候，強力的水柱似乎效果比我們接力式的水桶攻擊來得奏效，隨著火苗越來越小，大家也停了下來，把這場混亂交給專業的消防隊處理。

民眾們大多是老人，我在人群中發現了莎拉一家人，我奔跑過去問了一句：「你們還好嗎？」

沒想到莎拉的兒子跑來抱著我哭，然後莎拉與他先生也走過來哭喪著臉，就這樣大家抱在一起，一旁一些老先生與太太也哭著加入我們，一群臉都被火熱的紅通通的人都抱在一起，為這場火光的發生，一起發洩了悲傷的情緒，也透過擁抱表達了安慰的力量。

而我竟然也莫名的掉下了眼淚。

在淚水模糊的餘光中，可以看到腳邊那隻莎拉家養的小狗，也在一旁默默陪著我們。

後來他們情緒平復後才告訴我，原來這個鎮裡的人都對這棟旅館有著深厚的情感，莫名的大火，把大家的心都糾結了起來，但是也讓大家瞬間團結了起來。

這時候不太需要言語，我感受到了他們對於這個家園的強烈情感，還有與島共生的深根蒂固，而我這一個陌生人，突然間對於這島的連結，也有了密不可分的感覺了。

我想要舒緩莎拉一家人的情緒，開始形容我剛剛看到的灰色動物，他們破涕為笑，告訴我說那灰色動物是負鼠（Possum），我明白他們笑的不是負鼠，而是我被負鼠包圍這件事。

雖然失去了一棟鎮民們團聚喝酒的好所在，但是好險，這場火災沒有人傷亡。

雖然災難讓人難受，但是偏偏有時候人就是需要一些苦難來發現我們早已經麻木的知覺。

當台灣921大地震的時候，此時你最擔心的人是誰？你最強烈想撥電話給誰？

而我，也是在新兵訓練的束縛時，才感受到自由的快樂。

當下我突然很想撥電話回家，很想趕快打電話聽到父母的聲音，還有弟弟的聲音，還有康老闆、阿燦、小舒，以及……曉曉。

雖然曉曉尚未走入我的生命中，但是不知道為什麼就很想告訴她，我這一刻的感受。

原來我是個感性的人，居然在這蠻荒的島上，宣洩了出來。

我跳上 TRANSALP 趕緊騎回營地，雖然很著急，但是我還是保持著正常的速度，因為在這個島上，我知道我隨時都有機會撞到野生動物，所以不敢輕舉妄動。

到了我的營地，我趕緊奔跑到帳篷，翻出了我的手機，正要撥打電話。

雖然內心有點遲疑，畢竟現在是凌晨時刻，台灣也是。但是下一秒我發現我什麼也不能做。

手機竟然完全沒有任何訊號！

果然野蠻之島，訊號也野蠻的不存在了。

我倒頭躺在帳篷裡，久久無法自己。

23

The Peeper 窺視者

阿計戴著耳機，裡面又是那首綠洲的「別回頭生氣」（Don't look back in anger），瀏海下的眼睛盯著手機裡的三筆買主資料，內心納悶著，在台灣這個地方買了把智慧型狙擊鏡要幹嘛？這三個人一定有古怪。

坐著火車北上的阿計，半小時前才跟指導教授說他想去台北參加某一場學術研討會，就這樣告知式的請假，離開了學校。

指導教授也拿他沒轍，畢竟這位老師靠著阿計的大量期刊發表，短期間從助理教授升等成了教授，而實驗室裡滿滿的學弟妹可以接國科會計畫，也都是靠阿計響亮的名聲，拉攏了許多慕名而來的人。

從來沒有學生的威名高過老師的，阿計成為了中興大學的傳奇人物，而阿計會進入這個實驗室，純粹是因為覺得老師竟然在實驗室裡養熱帶魚這件事很不錯。

於是老師最近打算開始在實驗室養大魟魚，試圖說服阿計，讓他繼續留在實驗室念博士班，如此一來就可以一人得道，人魚昇天！

火車搖呀搖的到了宜蘭，阿計租了一台摩托車，默默的騎到一間民宿。

完全如阿計的設想，阿計丟下行李後，走到了民宿的頂樓，架起了望遠鏡，往隔壁的另一棟民宅望去。

自從車輛用的行車紀錄器，以及各鄉里街道安裝的監視器開始普及後，越來越多事情，只要經過監視錄影畫面的播放，一切都有規則可循，一切都攤在陽光下，讓許多犯罪都得以被紀錄，當然也讓很多隱私都不得已的被揭露。

透過妹妹的駭客能力，阿計已經在家中看完了第一位王姓買家在這一個月以來出沒行動的監視錄影器畫面，掌握了王先生的平時活動時間表，每周二的傍晚王先生都會前往太平山，那座沒有監視錄影器的山，這也是阿計今天的目標。

雖然感覺王先生是兇手的機率不高，但是很多事情你不去參透你永遠不知道，就像你不翻開流體力學課本，你永遠不知道有多催眠一樣。

從望遠鏡中發現，王先生已經開著 Land Rover 的高級休旅車出門，阿計也趕緊騎上摩托車尾隨，想知道這位買自動狙擊鏡的人到底怎麼使用槍支，是否跟他 Mini Drone 的擊毀有關。

不過在尾隨的路上，阿計大概猜到這位王先生應該跟他 Mini Drone 的擊毀沒有太大的關係，因為這一個月來，這位王先生的行動範圍都在北台灣，只有偷情的時候會改搭計程車出入 Motel，除此之外還有接送小孩下課等行為，都算是中規中矩。

但是人總是常常這樣，明明知道答案了，還是想要親眼看見求證，才願意放手。

就像是人們總是喜歡帶著答案來問問題，其實早就決定了，但是偏偏想要從別人口裡得到一些支持，這樣執行起來比較順理成章，要是聽到不是自己想聽的答案，就再問下一個人即可。畢竟有些時候，越不可能的人越可能，越危險的地方也越安全。

憑藉這些觀察，就知道王先生有錢也有閒，有錢買 Land Rover 休旅車，還有昂貴的自動狙擊鏡，有閒偷情，還有每週一次的太平山神祕行。

看到王先生將車停妥，從後座拉出一只大手提袋，阿計從好幾公尺外的樹旁用望遠鏡盯著，很輕易的從手提袋上看到 TrackingPoint 的 Logo。

「沒錯！那一袋就是狙擊槍！」

這一個排球賽ＭＶＰ的帥哥，學校呼風喚雨的天之驕子，竟然會在這個時刻比癡漢還要癡迷的盯著望遠鏡監視著別人，而偏偏監視的對象也不是什麼美女或名人，是一位有錢有閒的男子，帶著一副上山打獵的模樣。阿計自己想著也感到愚蠢，但是他就是非得這麼做，當時一股被人打擾的不滿感受暫時無法磨滅。

隨著王先生不斷爬山潛入，阿計默默的保持距離，繼續跟隨，終於在半山腰與王先生同時停下了腳步。

隨著天色漸漸變暗，阿計手上的望遠鏡也替換成夜視鏡了。

王先生熟練的將自動狙擊鏡組裝完畢，趴在草叢中，不知道在找尋什麼，終於喬好了位置，便將設備留在原地，從另一個袋內拎出一手啤酒後，繼續往山上爬去。

等待王先生消失在山林道路的盡頭，阿計才走去觀察王先生架設的狙擊陣型。

才剛走近就聽到狙擊鏡微微的運作聲音，接踵而來的是相機連拍的聲音。

阿計恍然大悟，原來王先生利用自動狙擊鏡的功能來拍攝山上的野生動物或是昆蟲，想當然爾，阿計應該也被當成剛經過的野生動物而被拍到了。

阿計睥睨的笑了一下，手撥了瀏海，蹲下來開始把弄著這套設備，更從隨身包包中拿出了電腦與記憶卡，在草叢中忙碌了起來。

螳螂補蟬黃雀在後，而窺視別人的阿計，沒想到自己也變成別人的獵物，獵人與獵物，短短幾秒就可以換了身份。

半小時後，阿計已經心滿意足的下了山，騎著機車離開太平山，明天一早他要前往下一個狙擊槍買家那裡調查，那是個監視器架設涵蓋率很高的城市——台北。

當天凌晨快天亮時刻，王先生熟練的將狙擊鏡拍到的相片拿出來整理，看到第一眼，王先生驚嚇到差點喊了出來，手摀著嘴不敢置信的看著電腦螢幕，隔壁房裡熟睡的太太正好翻了一個身，竹籐材質的床部嘎嘎作響。

今天到太平山夜拍捕捉到的不是之前的山豬與山羌，而是一張自己偷情時摟著情婦一起打開一台計程車門的監視畫面。

雖然畫面黑白模糊，但是他清楚的知道那個身影是自己。

王先生在螢幕前害怕又慚愧的留下了眼淚，哽咽啜泣了一陣子，緩緩的走向房間，從背後懷抱著自己老婆。

老婆溫柔的說：「幾點了？你回來啦！有沒有吃早餐呢？」

王先生啜泣的更大聲了，老婆起身疑惑的看著先生，沒有什麼鬧鐘比自己先生的哭聲還要來得驚醒了。

台北，有人戲稱它是一個國家，把台灣人繳的稅金，很大比例的密集使用在這個地方，得天獨厚的資源與霸氣氛圍，高物價與高房價，還有空氣中高濃度的汙染物質，就像資金般大量注入在這個地方，讓天龍國是最幸福也是最悲哀的國度。

阿計下一個目標在這裡，一個老舊公寓的二樓。

那位Z先生買家，在妹妹提供的資料中列了許多很多奇怪的購買紀錄，除了智慧狙擊鏡之外，還有像是配製王水的硝酸與鹽酸，更有各式各樣的情趣商品，讓阿計的背脊有些涼意，那瀏海下的汗水多了些詭異成份。

即使在台北這監視器數量比麻雀鳥多的地方，阿計竟然看不太到這位Z先生買家的行動歷程，在少數拍到的畫面中，Z先生總是戴著洋基隊的棒球帽，身影似乎在躲避監視器的目光，更增添了他是兇手的懷疑度，就算不是兇手，他也一定有些古怪。

在線索不多的情況下，除了他很神祕，加上那些更增添神秘的購物紀錄之外，頭頂上的洋基球帽也可以做許多聯想。

選擇洋基隊的帽子可能是王建民的粉絲，或是說明他支持台灣棒球，總之在台灣哪個球隊商品賣得好，十之八九都是因為有台灣球員在美國那支球隊打球，而剩下十之一二，應該是廠商仿冒印錯，或是有人買錯，畢竟其他選擇不多。

也可能Z先生知道這是最多人買的球帽，戴著這帽子比較掩人耳目，不會太過特殊，也不會太過刻意低調。

或者是他全身上下的所有衣著都是從被害人身上奪取的，他根本就是個變態殺人狂，喜歡收集這些戰績，而棒球帽就是死亡名單中的某一位……。

阿計越想越誇張，畢竟偵探似的觀察與埋伏，是個很花時間與腦力的對抗，時間很多，也會開始進行許多聯想，甚至是太過無聊進而想放棄。

阿計腦海中又閃過一絲念頭，這個念頭從第一個跟蹤過程就有了，總覺得這件事情很荒謬，現在自己居然不是在學校，也不在打排球，而在這邊偷偷的調查。

「我到底在幹什麼啊？」

有那麼想要拋下這些計畫起身回家的衝動，但是一摸到口袋中那顆變型的子彈，再度想起了自己的信念，他想把兇手抓到，那個可能是樂透得主的殺害兇手，也可能是干擾自己拍夕陽，把自己喜歡的玩具 Mine Drone 打壞的兇手。

這種被干擾的感覺，以前也有過，一個很蠢的報復行為。

阿計曾經因為等電梯等很久，很久，忘記有多久，總之當人在等待的時候，時間就會不斷的被拉長，別層樓不管在幹什麼，無論是搬貨也好，還是等人也罷，等待時間太久就讓人開始煩躁，就像是塞車路上的人們，都會開始有怒氣發散，而那條公路上，有幾台車，就有幾位駕駛，也就有幾位發怒的人，其中也一定有幾位憋尿的人，他們的時間也不斷被拉長著。

阿計那一次決定不再等待，雖然總期待著下一秒，期待那耐心多等的下一秒，電梯應該就會開始往自己移動。

沒有，還是沒有，放棄。

只好爬樓梯。

那個已經遲到的那一天，完全可以想像衝進教室後教授的表情，偏偏那門課出席率佔期末分數很大的比例，再天才的考試機器，也是要乖乖出席。

偏偏，不悅與緊張帶來的腸躁症，讓阿計已經額頭冒汗。

從十一樓奔跑下樓的過程中，每層樓，阿計都很幼稚的去按了電梯的按鈕，心想一定要讓電梯每層樓都停，這是他對於電梯卡住太久唯一的報復。

但是走到一樓後，才想到，或許某層樓也有像他一樣等待已久的人，他的愚蠢行為，或許只是帶給另一個等待的人，更多的等待。

那後悔感浮上心頭，突然間，他覺得自己找兇手的偵探行動也是類似的愚蠢，報復，有些時候只是報復自己，再增添罪惡感的行為罷了。

回想到這些，此刻的阿計正在Z先生住的大樓樓下不遠處，坐在一台自己租的汽車中，滑弄著手機，不時會盯著後照鏡看，等待Z先生的現身。

由於Z先生的行動在過去監視影帶中實在太不規律，在難以捉摸的情況下，直接在這等著比較好。而後座放著許多便利商店買的食物與飲料，阿計已經有長期抗戰的打算了。

不過這些食物暫時還吃不到，因為還沒有半天時間，Z先生已經出現在大樓樓下了，依然戴著洋基棒球帽，頭低低的，實在看不到他的表情。

阿計的瀏海似乎又長更長了，遮蔽著雙眼，也無法輕易查覺他的眼神。

兩人在同一條路上出現，各懷鬼胎。

帶著愚蠢感受的阿計本來有一絲放棄的念頭，但是畢竟目標已經出現，就還是繼續下去吧。

就像是那放棄前多等一秒的電梯，突然又開始爬升起來，終於中的終於。

看到Z先生在路口招了計程車，等計程車開走了十秒後，阿計才開始默默把車開去跟蹤，畢竟太快有反應的話，兇手如果不是省油的燈，或許很快會起疑慮，而且租來的車通常都很新，算是顯眼。

開了二十分鐘，基本上其中十分鐘是貢獻給紅綠燈，台北國的時間也與其他國度不同，人要有更多的等待耐心，還有忍住不按喇叭的毅力。

計程車開到一個郊區，四周似乎工地很多，許多新建案還在進行，而一個荒廢的大型停車場，就坐落在這群水泥叢林裡。

Z先生搭的計程車在大型停車場前停了下來，然後步行走了一陣子，左彎右拐的來到了一間廢棄工廠。

再也沒有這麼順利又方便的跟監行動了。

阿計就直接在這棟大型停車場停好車，然後趕緊往Z先生走的方向跑去，深怕跟丟了。

好險平常打排球的體力在需要時刻完全派上用場，飛撲救球的速度，沒想到在跟蹤這種事情上這麼好用，阿計腦中突然無厘頭的想，要是他開了一間徵信社，最好從排球社裡挖角……。

這種平日的儲備其實就跟存款一樣，你永遠不知道你何時突然會急迫需要一筆錢，也像是你總是叫女友「寶貝」，哪天另一個女友用沒顯示電話號碼的電話打來，一接起電話只要是女生聲音就喊寶貝，就絕對不會認錯人一樣的好用。

遠遠看到那個走路從容的洋基隊棒球帽正沒入一間廢棄工廠，工廠厚重的鐵門沉沉關上。阿計打量了一下，思考是否可以從一旁的窗戶窺視，或是看要不要環繞工廠一圈，了解一下地形地物，再作下一步行動。

思考完再進行下一步的短暫瞬間，他突然發現有大量的警方攻堅衝入，這種畫面向來只有在電視上看到，阿計十分震驚，也驚訝原來不只有自己在此思考下一步，警方已經採取了行動。

「為何不在Z先生開門時就將他制伏，或是從住家就先行逮捕呢？」滿是疑惑的阿計，站在路邊納悶不已。

但是很快的，阿計就得到了解答，那群黑色防彈背心的人群中，有一個人背心底下不是制服，而是件簡單的T-shirt，肩上扛著一台攝影機，是Sony F65 CineAlta 4K，那台幾乎可以拿來拍電影的攝影機。

這一切不只是要逮捕而已，更是要有媒體效果。

每看著新聞，總是納悶為什麼記者連一些奇怪的事情都可以拍到畫面，警方攻堅也可以拍到，原來警方跟媒體根本是互助共生，小時候生物課學到的事情其實可以用在很多圈子的。

警方需要媒體的宣傳與褒獎，讓警方面子與公信力大幅增加，媒體需要警方的幫忙來捕捉到這震撼的真實畫面滿足收視率。

如同樹木提供啄木鳥居住的棲所，啄木鳥則替樹木去除害蟲一樣。

而為什麼阿計會知道攝影機型號呢？因為在買 Mini Drone 之前，阿計玩了好一陣子的玩具就是這一台。

一群蹲低姿態又荷槍實彈的警員像是螞蟻靠近甜食一般，非常迅速的包圍了工廠，幾位警員打破窗戶，幾位警員試著把門撬開，不出一分鐘，這群黑鴉鴉的都衝進了工廠。

阿計站在路口一時之間也不知所措，突然間看到這些畫面在他眼前上演，好不真實，他默默的拿起了望遠鏡想看看後續發展。

只看到破舊工廠的鐵皮屋頂，突然竄出了一個人影。

是Z先生。

非常扯的是，Z不疾不徐的從屋頂跳到旁邊圍牆，然後再跳到地面上，調整好身上背包的背帶後，行走路線偏偏就是走向阿計的方向。

阿計很快的把望遠鏡丟向一旁騎樓邊，趕快故作鎮定的繼續往前走。

時間似乎變得緩慢而凝結了，Z先生手抓著帽沿調整了一下帽子，依舊從容的往前走，身上多了一只黑色背包。

阿計繼續往前走，即將就要跟Z先生擦肩而過，阿計的心跳越來越快，不知道是因為窺視這一切的罪惡感還是當時警方包圍的畫面太過驚人，阿計內心開始緊張。

雖然總覺得這位Z先生一定不是什麼好東西，但是他絕對是個狠角色，這群警察衝進去，竟然都沒有人發現Z先生已經從屋頂逃跑了。如果真的像是電視拍的那樣，警方應該在四周部屬狙擊手，這樣才可以迅速把嫌犯控制住啊！

內心OS都迅速的閃過，這位嫌疑犯的距離與自己越來越近，阿計總覺得應該做些什麼，但是又不知該怎麼做，難道要大叫「他在這邊」嗎？這麼做自己是否有危險？

在快要擦肩的前三秒，阿計餘光偷瞄了一下Z先生的臉，那張帽子底下的臉顯露的表情完全無神，就像是個沒有任何想法的冷血殺手一般，阿計的冷汗就快逼了出來。

「不該輕易放過他才對！」阿計心裡喊著。

「先生！先生！」阿計喊出來了。

「請問最近捷運站怎麼走？」阿計接著問。

Z先生停了下來，用那空洞的眼神盯著阿計，強大的壓迫感迅速的壓上阿計。

Z先生還沒說話，突然一旁一個老先生喊：「小伙子！這是不是你的望遠鏡啊！怎麼亂丟呢！」

老先生成為關鍵時刻的干擾，無預警出現的剛剛好。

阿計突然間已經無法思考，更不知道自己要擺什麼表情。

「碰！」一個強力的聲響突然炸開。

聲音太大，突然間就像地震一樣，一片混亂，而阿計的耳朵也受到聲響影響，突然聽不到聲音。

那間廢棄工廠已經被炸開了，火花四起，濃煙已經推進天際。

阿計蹲在地上，還搞不清楚狀況，環顧四周只看到Z先生走遠的身影，那身影似乎在奔跑，阿計想追上去，但是耳朵被強大聲響影響，突然間平衡感與腳都不聽使喚，當耳朵漸漸恢復，他開始聽到各種吵雜的聲音，附近的人都在圍觀著爆炸工廠，汽車警報器的聲響，狗的吠叫聲，人的驚呼聲與議論聲，而消防車的聲音也從遠方飄來……。

「我的天啊！」

阿計傻眼了，睜大的眼睛在那陰鬱的瀏海內，更顯得黑白分明。

爆炸引起的大量濃煙不斷飛向天際。

24

Confess 坦誠

這世間很多事情都是門外漢的力量勝過專業的圈內官。

雖然我們總是仰賴專業，就像我們需要醫生，但是有些事向來都是門外漢的一股傻勁與熱力，才有可能辦到。

騎著重型機車環遊澳洲，正在袋鼠島上的我，從來就不是什麼重型機車愛好者，家中車庫裡面沒有停著酷炫的跑車，也對於騎車這件事情沒有多大的專業，從一開始狗爬式的「犁田」可以窺知一二，但是我也一不小心就從西澳騎到南澳，騎了好幾千公里。

說不定重機俱樂部的人也從來沒有做過這種密集騎車的傻事。

雖然專業永遠是主流，但是我深深覺得這個世界上很多壯舉都是門外漢的領域。然後或許他們就有資格與專業扯上邊，甚至更而卓越。

榮譽博士這頭銜似乎就是門外漢進入門內的表彰方式。

像是作家九把刀去當電影導演，偏偏票房就是比專業科班導演亮眼，門外漢熱情狠狠給專業吹了一陣勁風，吹掉專家的眼鏡，鏡片落在地上都碎裂了。

像是櫻木花道的籃球路，像是羅倫佐的油（Lorenzo's oil）。

其實考了一堆試、上了一拖拉庫的課，我們回想那些課程，有記憶點的都是那些創意的老師。

物理老師放了基奴李維（Keanu Reeves）主演的那部《捍衛戰警》（Speed），透過巴士飛馳的畫面解釋一些電影裡面有違物理原理的事情，然後把同學帶進牛頓運動定律的世界裡。記得有另一堂課某位人文精神老師放了一部電影叫作《羅倫佐的油》（Lorenzo's oil）。故事大概是講述一對夫婦長期為兒子羅倫佐患有的腎上腺腦白質失養症（adrenoleukodystrophy，ALD）奮鬥，為了讓愛子可以活下去而深入去研究這個病症。

兩位門外漢最後研究出那群醫生都沒研究出的配方：三油酸甘油酯（glycerol trioleate）與三芥子酸甘油脂（glycerol trierucate）的4：1比例混合物，取得了專利，更為預防性的治療獻出了貢獻。

隔天起床，很多島上居民都聚集在歐隆旅館失火現場關心，找找火場內還可以搶救的東西，還有很多人開了卡車與帶來大型機具看是否能幫到忙，我雙手空空過去，但是也想參與其中，想做些什麼。

莎拉一家人也在，我們眼神交會間點了點頭，似乎透過一場災難後，人們的團結與凝聚力更顯得明顯。

雖然大家可以幫到的忙不多，畢竟這旅館大部分都已化為灰燼，但是莎拉的一席話讓我深思不已。

莎拉說，對於自己的家園，大家都是用 100 % 的努力去付出，就如同她家裡的野生動物，基本上都是在島上發現受傷的牠們，而帶回來照顧，因為這塊島就是這家人的家園，有任何可以盡心力的地方，他們是責無旁貸的。

我想了想，台灣也是座島嶼，我們大家在這生活著，自私的濫砍濫伐，過度開發，政治的選票，還有老百姓追求學歷與大家定義的成功，其實絕大多數人都是先以自身利益為最大考量，畢竟大家愛自己都勝過愛這座島嶼。

買樂透彩的人，也從沒有人是因為是卯起來想做環保，硬起來做公益，而滿心期待的對獎。

我也是自私的人，為了前途與夢想前進，為了自己可以付出一切，為了錢途可以寫完這麼多的考卷，但是我可曾為自己的島嶼做了些什麼？

買了樂透，中了樂透，成立基金會又如何？

現在島內正有人針對我這種人物進行一個接一個的殺害，我人在遠遠的國外，逃避與袖手旁觀。

而那些調查與計畫，還不是為了自己不是下一位受害者而衍生的？

我眼睛盯著人來人往的火災灰燼，眼神也是萬念俱灰。

騎車旅行似乎就是學會了反省與自我對話，我面對這樣的自己，一點也不感到驕傲，我活著有辱人們掛給我的天才封號，而我一點貢獻也沒有。

我當下就下定決心，我該回台灣面對。

我該去對弟弟說說話，解除誤會與緊張。

我該去跟曉曉相處，把心意傳達給她。

我該去參與調查，把兇手抓到。

我該去做些什麼，讓世界變得美好才是。

而且戶頭還有這麼多的籌碼讓我去實踐，我到底在等什麼？

我相信，此刻的我就是門外漢，面對親情面對愛情我都不熟練，而當名偵探柯南更是零經驗，當一位億萬富翁，我也還不夠格。

是時候了，我該去研究屬於自己的羅倫佐之油，還有櫻木花道的左手只是輔助。

我把 TRANSALP 與所有家當都寄放在莎拉家，這趟冒險該暫停了，拿了簡單的隨身包包，我搭了傍晚的船離開袋鼠島。

沒了 TRANSALP 沒關係，我堅定的舉起了大拇指，很快的就搭上了便車，移動到了阿得雷德機場，訂了轉機的機票，用我最快的速度回台灣。

在與莎拉道別的時候，她只淡淡的問我為什麼要趕著回家鄉，那個屬於我的台灣島。

我告訴她：「現在，島上有失火的風險，我要趕去滅火，送上一些付出。」

莎拉眼神堅定的回我：「那你真的該回去！快去吧！」

不用太多言語，眼神就是默契，我彷彿感覺到莎拉給我無比的勇氣與鼓勵。

人在心中有祕密的時候，其實就像是卡痰，不吐不快，但是有時候偏偏不是吐痰的好時機。有時候時機錯過了，漸漸的人也就遺忘了，日子照過，飯照吃，路照走，但是偶爾就是有那個一時半刻，那種感覺又出現了，那口痰就是一直跟著自己，甩不開也忘不了。

這種情況下，祕密就像是奇怪的罪惡感，但也夾雜著驚喜的期待感。因為隱藏所以罪惡，因為期待別人的反應，而可能有驚喜的發生。

傳言說懷胎未滿三個月不能說出來，不然會有不好的事情發生。

畢竟「說」的定義不夠清楚，用電話說、用對講機說、用寫的可以，只能跟醫生說，只能跟家人說，只要不公開就可以，通通都是自己定義的，其實這些習俗就是任人挑選，就像是你可以選用衛生棉，你也可以選擇用衛生棉條一樣，自己的洞自己挑，自己的選擇自己塞。

坦誠總是在隱滿與欺騙的基礎上，成為那個想到時又隱隱作痛的舊傷口，或是鋪陳已久的偵探小說精彩大結局。

坦誠，隨著事件本身與聽者本身之反應，有著巨大的影響力。

回到台灣了，機場中又是那些熟悉的面容，康老闆載著小舒與阿燦來接我，每個人都想聽到我講在國外的一切，大家也都想知道，為什麼我突然就這樣跑了回來。

我還在整理思緒，該怎麼向大家說明，而我的父母與家人更是不知道我已經回來台灣。我想我要面對的風暴，有著隔離他們的必要性，尤其是老愛擔心我的母親，還有那久未與我說話的弟弟。

想到弟弟，突然內心有點鬱悶了起來，老擔心他繼續闖禍，惹爸媽不開心，我們兄弟倆到底多少個月沒說過話了？

沒想到匆匆數個月過去，海尼根上方的二樓已經改建成辦公室，摩埃基金會就在此運作著，而三樓更是變成像背包客棧似的大通鋪，讓大家更像是有個家一樣的待在這兒。

很窩心的是，他們特別留了辦公座位給我，還有一個我專屬的下鋪床位，上鋪就是阿燦，那種把下鋪留給我的尊重，讓我備感溫情，畢竟我是創辦人，更是一位好朋友。

阿燦一直傻笑著，一如往常推推他臉上的粗框眼鏡，小舒則是兩手撐著下巴嫵媚的望著我，我的雞皮疙瘩已經快要掉滿地了。

「好啦！歸隊了，來看看大家吧！」康老闆像個老師一般的，彷彿在學校要介紹新來的轉學生一樣。

我丟下行囊在三樓床位旁邊，就到辦公室與大家碰面。

「這是妹妹，你在店裡見過的，電腦網路達人，最近很多工作都是靠她大力幫忙啊！」

妹妹看著我，眼神似乎帶著一絲笑意的對我點頭，我完全知道她在表達什麼，沒想到這個空間內，與我最熟識的朋友們都不知道我的秘密，反而是她，不只是知道，還知道兩個祕密：

我的樂透存款與糟透愛情。

「喔！麻吉！跟你說，她在網路根本是神，太強了，要什麼都抓得到！」阿燦講話如果不誇張，那就真的太誇張了。

「哼！你說的是幫你抓A片吧！」我非常了解阿燦的回他。

「變態耶！」小舒一陣猛打，把阿燦弄得全身防禦狀態，但是還是一臉微笑。

「這是阿計，新加入我們樂透殺手偵探團的人，跟你一樣唷！拿滿全世界第一名的天才！高手一枚呀！」康老闆用著惺惺相惜的面容介紹著。

「你一定不知道阿計遇到了什麼事情！他看過兇手本人耶！」

阿計撥了一下瀏海，用那陰鬱的眼神瞥向我，我對他微笑點頭，但是他似乎不領情似的麻木著，只淡淡說了一句：「你就是他們總是掛在嘴邊的天才，阿純嗎？」

不知道為什麼，他的話語有一點點的不以為然，與強烈的比較感，是流川楓看到仙道的感覺，還是達爾看到悟空？總有種「這下有趣了」的氛圍。

「來來來！看看最勁爆的新聞！」阿燦推推眼鏡，指著他的電腦上的新聞網頁。

「昨天台北一間工廠爆炸，死了二十位的員警，還有一名記者，聽說警方是要攻堅抓捕那個樂透殺手，沒想到警察偵辦終於有點進度了！」阿燦繼續補充。

「這應該是警方最接近兇手的一次吧！」小舒似乎進入狀況。

「那抓到兇手了嗎？」我刻意把自己強烈好奇心與關心給隱藏，用看好戲的方式詢問，也餘光撇見阿燦電腦瀏覽器另一個縮小視窗上面寫著「S級巨乳大亂鬥」，內心很想笑，無論兇手抓到與否，阿燦要下載的「胸」手應該抓到了。

「沒有！超可惜，不過這樣也好，我們有個專案不就為了這個事情嗎？但是也太誇張了，這個兇手也太恐怖了，我們真的抓得到他嗎？而且還全身而退？麻吉！你說說看。」

阿燦一說就說到重點了，我們能全身而退嗎？是不是時候告訴大家，我就是未來即將要被兇手追殺的樂透得主？這也是我私心希望大家幫忙的真正原因。

假如因為這場偵查而有任何人受到傷害，我想我一定會永遠帶著遺憾，而且，調查過程中，妹妹沒有把樂透得主清單給大家看嗎？不是輕易的就可以發現我在名單中嗎？我的眉頭緊皺著，煩躁擔憂著。

再怎麼思索擔憂，擔憂自己被殺，其實都沒有自己所愛的人出事來得恐怖，這群讓我有家人歸屬感的人，是如此被我的計畫書帶到這場偵查道路上，我內心沉重不已。

阿計開口了：「我是不管你們要不要插手，這件事我一定偵查到底，我的 Mini Drone 直升機就是給兇手打壞的，我強烈懷疑就是他！爆炸那天，我就在現場，我見過他！那天樑子就深深結下了，我會找到他的！」

不知道為何，人就是個比較性的動物，阿計的出現，讓我有種不甘示弱想要迎擊的慾望，這可能是病態的考試與排名制度引發的情緒，而他說的話，也緩解了我想要坦誠一切的衝動。

說自己中了樂透這件事，看似容易，但是身為一個樂透得主來說，我自認為非常難說出口，特別是我這種容易深思熟慮的人。

就像是同性戀要向大家大方出櫃一般，因為要不要說，坦然還是隱瞞，也是他自己去承受，雖然同性戀是他自己不是別人，但是有反應有情緒有歧視有驚訝有反對有支持的，都是別人啊！

回想到美國作家亞當斯寫的十大恐怖樂透故事，機率高到嚇人的樂透悲慘故事，基本上就是樂透得主無法駕馭財富，或是被週遭的人所影響，甚至毒害的故事。

這也是我隱瞞這麼久的原因，連父母都沒有告知。

試想大家知道了之後會如何。

康老闆基本上見過大風大浪，看他開店的哲學就知道他不在乎金錢，以前說中樂透會給鯊鯊開刀。

但是我也相信，就算不中樂透，有必要，他一定也會盡一切力量給鯊鯊最好的一切，而他那放蕩不羈的模樣，他要是突然說一句：「不需要中樂透，我的人生早就樂透了！」也絕對不奇怪，他就是這樣處之泰然的，永遠知道自己目光方向的老男人，是我們的大哥，他知道了，總覺得他會給我很多好建議。

阿燦知道了，一定會跟我借錢，我知道他有很多的慾望，但是他那真誠單純的個性，其實就是他最棒的資產，也是我最欣賞他的地方，當他麻吉的我，沾上億萬財富，總覺得只會給他帶來不幸，如他所說的，可以全身而退嗎？而小舒又如何在我倆之間做出什麼變化？我還真不敢想。

妹妹知道這件事似乎是最恰當的，畢竟她的能力，要在戶頭金額的尾巴多出幾個零絕對不是問題，她追求的就是有趣挑戰與刺激而已。

阿計，剛認識的達爾，賽亞人之子，看起來就很厲害，那種一旦擁有了足夠資源，就可以改變世界的人，不熟，當然不能說。

樂透，有時讓人勒透了，我自己彷彿拿著自己的手掐著自己脖子，逼自己怎樣也別說出口，但是那口氣，就是想要被吐出來的蠢蠢欲動。

還記得，在國小，那個不知道為什麼一定要流行打躲避球的國小，那個光明正大拿球打人，容易受傷，手指容易挫傷的一個運動。

每節下課十分鐘，大家就是要抱著球衝去玩，好像少玩十分鐘，這天來上學基本上除了吃便當跟去福利社，一切都是白來的。

就在一次大夥被上課鐘聲不情願的敲回去，無奈走回教室時，一個同學作著接球狀，一直叫我把球丟過去。

我把球迅速的丟去，偏偏這位同學用了躲避球中最直接的技能：「躲避」。

就這樣，橘黃色的成功牌躲避球穿越了躲開的同學，應聲擊中了公布欄的玻璃。

我永遠都忘不了那個同學驚訝中參雜很機車的表情，那種眼神訴說「你死定了！」的樣子，還有那條快速破裂的玻璃裂痕。

下一個場景不是教室，而是訓導主任辦公室，我幼小身軀背負了要賠償上千元的巨大壓力。

那個年代，一千塊，絕對比現代的一千塊有價值多了，沒錯！小包乖乖一包才五塊，大包十塊的世代。

我帶著愧疚、罪惡與不甘，回家與母親坦承，已經有心理準備要挨揍了，尤其是考第一名又模範生的我，做錯事似乎就是不可能中的勁爆消息。

那一夜，母親只說，下次要小心，就拿了錢要我帶去學校賠，完全沒有責備。

讓我十分意外的結果。

真希望，現在的我，坦誠過後，也有意外的好結果給我。

也或許這個好結果奇蹟，就在躲避球打中佈告欄玻璃那瞬間，給用掉了。

我肚子一陣飢餓感。

「好啦！先不談這些，肚子餓了，阿計！你有吃過康老闆的蟹味餛飩麵嗎？超好吃的！」

「康老闆！拜託啦！在國外可沒有這個好味道呢！」我哀聲喊著。

阿計嘴角上揚，我倆似乎有了共識。

25 Analysis 分析

不知道是在飛機上睡飽了，還是煩惱提著我的神經，我在電腦前忙碌的思索，在摩埃基金會辦公室挑燈夜戰，決定要短時間內把這個案件分析清楚。

而大夥們幾杯啤酒下肚，都在三樓睡死了。

「兇手熟悉電腦具有駭客能力，熟練狙擊槍枝，肯定有練過。」

「一開始只針對樂透得主，現在連大型爆破都做出來了，無辜的警員也殺，可見逼急了，什麼都會做。」

「由新聞資料來看，殺人頻率加快了，在被追蹤的情況下，兇手逼急了，有趕著殺光樂透得主的趨勢。」

「按照妹妹給我的樂透得主清單，再死三個人就輪到我了，沒想到來得這麼快，而妹妹提供給大家的清單中果然故意把我略過。」

「住台北，竟然會去台中測試狙擊槍，也是打中阿計直升機的原因。」

我心中不斷的說著，那是我在澳洲騎車學到的能力，自我對話。
我把之前在泰國圖書館裡收集到的情資與現在妹妹更新給我的資料，反覆閱讀，終於有了結論。
「如今，要保守秘密，一定要在輪到我被殺害之前把兇手抓到，當然，活下去比保密更重要，這是件一定要做到的事情。」
「妹妹人生就追求著挑戰與刺激，目前也太需要她的能力，而且她也是唯一知道祕密的人，阿計無論如何，自己也會調查下去，阿燦看來幫助不大，應該還算安全，這個偵探團可以繼續下去！」
「兇手原先行蹤已經曝光，已經無法主動去找到他了！」
「兇手一定會去找下一個目標，只有透過下一個目標來找到兇手了！」
「明天，就開始，唯有比兇手聰明，我們才有機會，不只是我有機會活下來，在我之前那剩下的三位樂透得主也要有機會活下來。」
「樂透本身就是種懲罰了，沒有罪該致死的必要啊！」
我比過去準備考試那樣認真的態度更加認真十倍，這些分析，比過往做報告都還要來得挑戰。
突然間，我好想跟曉曉說說話，可能我想活下來有很大的一個原因是除了家人之外，我想跟她有未來。

是的，愛情是無法分析的。

我在 Facebook 上傳了私人訊息給曉曉：「妳好嗎？我回台灣了！我說過我想認識妳，有機會見個面聊聊吧！我現在住在海尼根樓上，妳呢？」

凌晨五點，這個時候應該是沒人回應，通常小說故事中，女主角都會出乎意料的回應，剛好失眠睡不著，剛好起床尿尿，剛好就是早起，剛好做噩夢驚醒，但是現實剛好就絕不會像我現在想著那樣，想說話就說得到話。

「你怎麼不睡！」小舒突然在我身後出現。

「嗯！調時差啊！」我隨意回應。

「你少來！澳洲跟台灣又沒啥時差，頂多一兩小時吧！」小舒聲音突然變大。

「噓！妳要把大家吵醒啊！」我壓著聲音小聲提醒。

小舒似乎是在三樓睡一半醒來，發現樓梯間傳來的辦公室燈光，跑下來看我在幹嘛。

小舒一副耐人尋味的模樣想要問我些什麼，看著她那愛慕的眼神，實在太容易猜到她喜歡我的心意，這個目光是我想避也避不開的，多麼希望她可以用這個目光看著阿燦，那我們三個的友誼一定可以永續下去。

我決定先採取些什麼，把我困擾已久的問題給刻意浮現。

「有件事想問妳，如果妳不想睡的話。」我很認真的盯著小舒。

「你……你想問什麼？」小舒的聲音都溫柔了起來。
「我覺得阿燦很喜歡妳耶！妳應該感覺得到吧！」
「阿燦？拜託！你說那白癡嗎？」
「對！他是我見過世界上最喜歡妳的人！」
突然，夜裡的安靜觸角延伸，就在我說完話後，彼此靜默了起來。
小舒眼眶開始泛著淚光。
「我知道他喜歡我，我當然知道，難道你不知道我喜歡的是你嗎？難道你不知道嗎？」小舒開始歇斯底里了起來，多年來她第一次說出口，不知道是不是因為凌晨時分的氛圍，讓人感性而勇敢了起來。
天啊！我實在不太會處理這種情況，這不是小說才會發生的情節嗎？
A喜歡B，而B喜歡C，C當然是喜歡A了。小說中的小說，偶像劇中的偶像劇。
「我知道！但是我有喜歡的人了。」
「誰？那她喜歡你嗎？」
「她？她可能還不太認識我吧！」我突然間又像小舒一樣的失落，要是說這句話的時候抽口香菸，應該更有感覺吧！可惜我不會抽菸。
我勇敢了還不到五分鐘，馬上又當了俗仔。
「你不想睡，我想睡了，先上樓囉！」闔上電腦螢幕，我逃避了這一切。
我猜她會留在辦公室哭泣，我抱著深深的罪惡躺上床，但是我深知，假如我接受了她，那才是最殘忍的欺騙，因為愛情不但不能分析，也不能強求。

我也知道，回到台灣，我以為出國可以暫時躲避的一切，我都會一一面對。當然，這就是我回來的目的。

我自我分析著，也無法分析著。

腦袋暫時當機，雖然床位上鋪的阿燦一直打呼，我還是禁不住睏意，深深的沉睡了過去。

人生在世有很多廢話要講也要聽，偏偏這都是不可避免的。

在婚禮現場，也常常看到議員、里長前來致詞，換來的通常只有官員本身自以為的宣傳滿足感，以及尷尬在台上度秒如年的新人。

所有畢業典禮，許多政客、官員、家長會長、校長輪番致詞，內容又臭又長，為什麼從沒有人想找他們專題演講，這也是很大的一個原因。

而在千萬廢言中，難得終於有個出類拔萃的特例，是在我高中時的畢業典禮。

在廢言輪番上陣後，突然一位長官上台只淺淺說了一句：「相信大家都累了，廢話不多說，我唱首歌祝福所有畢業生！」

接著就拿出一把吉他，高聲彈唱，短短兩分鐘唱完，引起所有學生歡呼喝采。

一方面酸一下先前那些人又臭又長的致詞，一方面帶給畢業生最棒的獻禮。

這舉動也成為我永遠難忘的記憶點。

「據統計指出：
全台灣有五百萬人此生沒買過樂透。
有70％樂透彩營收是靠過年期間與巨額頭彩時期來的。
有80％的樂透得主有定期買樂透彩券的習慣。
有90％的樂透得主中獎後會有捐款行為……。」

．
．
．

上述100%是我隨意亂講而已啦！哈哈哈！」阿燦說完翻了個白眼，深知媒體播送的統計結果，通常都只是唬爛而已。

「你白癡唷！」這些話講得好像有那麼一回事，難得引起小舒的笑容，但是依舊一陣手掌打去，拍得阿燦樂開懷。

「曾幾何時，不知為什麼很多奇怪的研究都來自英國。」妹妹一邊盯著電腦一邊補充了一些話題。

「英國研究指出，一天刷牙兩次、半年看一次牙醫和晚上八點以後禁食，都是『白費工夫』的衛生習慣。」

「英國研究指出，罵髒話能讓人變得更堅強！」

「英國研究指出，不吃早餐會導致性慾降低。」
「英國研究指出，家中第二個孩子的照片比較少。」
「英國研究指出，生日次數過得越多的人越長壽！」
「英國研究指出，樂透得主死最多的是美國人，不是台灣人，因為他們比較早辦樂透，一九八八年就有了，不用殺手也死了好多代得主。」
「嗯！樂透基本上像是慢性自殺唷！」小舒聽完補充說著。
「聽說去英國念碩士只要念一年耶，是不是他們都搞這種奇怪的研究啊！所以只要念一年啊？」阿燦不以為然的表情。
「其實，有些研究還真的得靠英國呢！」阿計也加入了話題，「Rh null 這種血型，全球目前只有四十三人，現在唯一存放這種血型的血只有英國的實驗室呢！」
「查到了！是英國的國際血型參比實驗室，International Blood Group Reference Laboratory，簡稱IBGRL。」妹妹很快的就在網路上找到資料。
「酷斃了！你怎麼知道！」阿燦整個大開眼界。
阿計揚起了嘴角，正想回答些什麼時，妹妹已經先開口：「喔！Yahoo 新聞就有啦！」
聽到這些對話，我忍不住笑了出來。
好久，好久沒這樣發自內心舒暢又單純的笑了！
鯊鯊在海尼根四處亂竄，看到很多人讓牠興奮極了，尾巴十分大力的搖晃著，敲到桌角與椅子時，還啪啪作響。

而康老闆磨著咖啡豆，濃郁的曼特寧正緩緩飄來。

大家聚在海尼根店面一樓，喝著咖啡吃著早餐，胡亂聊天著，與媒體跟大街小巷的話題一樣，很容易就聊到了樂透殺手話題，更不用說這是一組專門對這件事偵察的團隊。

「我想，現在線索再怎麼查，應該就鎖定下一位即將被殺害的得主了吧！得主在，殺手就在」阿計一語道破。

「所以，相信很多偵查團隊，還有警方，一定會鎖定這個目標來追查，不只有我們。」只睡短短幾個小時的我，說話有點無力。

「不過就兇手的智慧，我猜警方依舊會徒勞無功。」阿計接著補充。

「我想也是，我想我們需要更強大的資源。」我突然跟阿計像是講相聲似的一搭一唱。

「什麼資源？」康老闆看著我倆，眼神好像在看好戲的期待模樣。

我望著妹妹說：「有辦法駭進衛星，然後動用衛星空拍監視嗎？」

妹妹的眼神終於離開電腦，「喔！沒試過耶，可以玩玩看！」

「需要車，需要裝備，我們要有行動能力，最好我們能夠出動靠近，紙上談兵無法作戰。」阿計接著說，一副有計畫的樣子。

「認同！我想我們要盡可能的接近下一位被害候選人。妹妹你有辦法搜索到下一個目標的地址嗎？」我帶著答案問問題，我相信妹妹已經有資料了。

「有！」

我們日常太多的對話都是廢話，今天天氣不錯，今天好冷唷！基本上你知道，別人也知道，只是差別是有沒有說出口而已，溝通，常常都是講給自己聽的，而詢問也常常是帶著答案去問的，只是有時還是想問一下而已。

「康老闆！基金會的錢夠用嗎？」老實說我也知道絕對夠，但是還是得開口問。

「其實，不只是夠，而是很多呢！光扭蛋博物館那次的收入，我們基金會的基金都快翻倍了。」康老闆一臉就是無所謂的模樣，但是話語中還有有一絲驕傲。

最後，廢話說完了，錢的功能就是容易取得更多的資源。

我們買了很高級的休旅車，就像是保護藝人明星的保母車，可以載著我們不斷接近每一個調查地點，而裡面也帶著我們許多私心想要的科技產品，像是阿計的 Mini Drone 就是一項。

雖然車裡的我們，模樣還是一群死學生，但是我們都雀躍的像是參與了很帥的祕密任務一樣。

妹妹則添購了強大的電腦配備，足以讓她輕鬆駭進衛星，取得任何地表上的圖像，也可以更快速的從網路上找到任何一切。

或許你會納悶，為什麼不在車上設置行動指揮總部，就像是電影中常常看見的那樣？

基本上實際運作後才發現，行動伺服器與強大的設備，隨便就要一台貨櫃這麼大，不是這麼輕易移動，再者，現在通訊科技如此發達，妹妹繼續待在海尼根樓上，就可以遙控全世界了，何必需要在車上，那個會暈、會顛簸的火柴盒裡呢？

而當線索很確定時，媒體上那些漫天亂飛的資訊也已經成為廢話，我們用我們確信的資訊，展開行動。

即將遇害的樂透得主是撒老先生，在鹿港賣蝦猴，賣了幾十年，自從得了樂透之後，攤位不再經營了，就像他的名字一樣，撒，撒手不管了。

他本來非常低調的在祖傳的三合院老家過生活，樂透得來的錢也只將老宅院翻修一番，以及將剛過世遠房表叔的賭債給還清。

本來以為因為樂透得以提早退休，才發現沒有賣蝦猴的日子格外無聊與寂寞。

而且自從看電視新聞發現樂透得主相繼被殺害的消息，嚇得他快得憂鬱症，加上長年咳嗽的老毛病讓他受不了，就住進了一間當地的私人醫院，其中昂貴的ＶＩＰ病房。把自己關在病房裡，二十四小時有看護與警衛在側。

他心想：「這樣子應該就安全了吧！」

其實要得到上述這些資訊非常容易，妹妹提供了撒老先生基本資料後，我只打了兩通電話就取得所有的訊息。

一通撥給撒老先生賣蝦猴的隔壁名產攤位詢問，說我是老主顧要訂購蝦猴，問到了撒老先生的近況與醫院名字。

而另一通電話撥給醫院，用台語緩慢的說我是撒老先生的老同學，要跟撒老先生說一下同學會的訊息。

轉接到病房後，撒老先生年邁聽力不好，聽到台語的問候，以為我是以前坐他隔壁的班長，很熱情的把他這陣子遇到的事情，都給傾訴了一番，當然唯獨樂透這件事守口如瓶。

這樣的方式，我簡直就是學詐騙集團嘛！瞎貓碰上死耗子。

撒老先生廢話很多，講到著急處又咳了幾下，而我只是個認真的傾聽者，默默記了筆記，也從一位長輩中，體會了他的心情與無奈。

只是阿燦在我身旁看我的模樣，好像是在看魔術表演一樣，滿是驚奇的表情，同時用手指推推臉上的粗框眼鏡。

我想我撥的這些電話是善意的謊言，資訊收集完畢，我們就馬上驅車前往鹿港，要保護這位撒老先生，也想逮到兇手。

畢竟兇手Z先生不是省油的燈，我們速度要再快一點。

26

燈火闌珊處
Traffic Light

經過廢棄工廠爆炸案後，媒體越演越烈，人心惶惶。

畢竟好萊塢才看得到的畫面，台灣竟然真實上演，在這島嶼必定震撼與激烈。

名嘴講不停，分析報導不停播送，甚至有人開始扯上政治鬥爭與邪教運作都與此爆炸有關……。

而那一場警方攻堅行動也將兇手Z先生這號人物給浮上檯面了，不過警方透露給媒體的訊息很少，許多傳說與小道消息都是附近目擊者及居民透過臉書打卡，或是LINE的發送，演變成扭曲聳動的故事。

因為在那廢棄工廠裡，基本上所有資料都跟著那群陪葬的警員們一起燒滅了，當然還外加一個媒體人。

據說，警方在Z先生工廠內找到的電腦裝置，所有資料都已損壞，再也無法存取與救回資料。

聽說，警方不敢公佈廢棄工廠負責人，也不敢張揚Z先生的訊息，甚至是進行懸賞，怕Z

先生會進行更恐怖的行動，更施壓給媒體不得任意報導。

警方唯一最願意透露的事情只有罹難警員的生平故事，整個專題報導都在訪問警員家屬，讓那些眼淚與哀嚎充斥著整個台灣的電視螢幕。

基本上，隨著網路媒體的演進，每個人的資訊已經不再來自於電視與收音機，甚至電視的消息許多都是擷取自網路上，報導那些「網友神回」、「網友認為」以及「網路點擊率最高」，這代表著一件事情：「沒東西好報，只好上網找題材」。

俗不知，看電視通常都是二手消息，就如同股票漲跌訊息也是。

而此刻的電視報導，以及網路傳言，讓整個事件的焦點越來越模糊。

眾多議題都不斷的延燒，呈現白熱化階段，是媒體史上從未有的大亂鬥。

警方辦事不力VS警方英勇殉職。

樂透殺手應援團VS變態殺手去死團。

樂透彩券廢除VS澎湖賭場設立可行性。

畢竟整個台灣中樂透的人是少數，偵辦警察也是少數，大家其實隨著時間慢慢的荼毒後，對於這個議題從震驚、錯愕，一直到了無奈與看好戲。

自從樂透殺手事件白熱化後，哲學系、社會系、心理系、法律系，眾多新議題論文也相繼開始熱門的在各大研討會、講座被提出。

甚至，廢棄工廠爆炸後的隔天，鑑識官向雜誌爆料，那隻在工廠內死去的變色龍是價格不菲的稀有品種，而 Call in 節目中也開始大肆的討論稀有寵物與主人性格的關聯性。

媒體嶄露最真實的一件事，就是不斷翻新人們的記憶點。

隨著新的火熱議題出現，舊的議題就會逐漸被人們忘卻，核四議題、毒奶粉、餿水油事件，漸凍人冰桶挑戰（ALS-Ice Bucket Challenge），曾經當紅的劉文聰，甚至到大仁哥，大家已經不再討論了。

相信樂透殺手事件，多年後也會漸漸深埋在每個人記憶深處最邊緣的小小角落，不容易再勾勒起。

就算勾勒起的那一刻出現了，以前聽到這些關鍵字時的道德感、憤世感、狂熱感、批判感，都早已被無奈感、淡淡無感給覆蓋過去。

一秒之前，我們只是一群死小孩、餐廳老闆還有一隻戴著鯊魚頭的黃金獵犬。

而下一秒，我們這台休旅車裡卻載著一個滿臉鬍渣的基金會董事長、一個樂透得主、一個show girl、一個排球隊長、一個總是喊麻吉的人，遠端連線著一個電腦強到爆炸的駭客，外加一隻……還是戴著鯊魚頭的黃金獵犬。

其實人的身份怎麼變，我們，其實也還是我們。

只是很意外的是，我們現在做的事情基本上可以說是不務正業，但是卻又像是一種使命感，把我們變成了一支戰鬥隊伍。

我們驅車南下，阿燦開著車，小舒湊著熱鬧，我跟阿計在車上用藍牙耳機與妹妹通訊著，康老闆在副駕駛座專心吃著 Subway 潛艇堡。

一路上我們都在試用與把玩著這些新購置的設備。

包含了遠程監聽器（直接朝向欲監聽的方向即可監聽，不需要裝監聽器）、藍牙通話耳機（用對講機還要壓著按鈕太慢，直接撥電話吧！）、電擊槍（總是要有面對敵人的攻擊武器）、頭盔影像傳輸系統（一人看見，大家看見）、催淚噴射器（保證十秒內落淚）、急救包及電擊器（不怕一萬只怕萬一）。

當我們電腦可以任意擷取衛星空照圖的時候，阿計顯得非常興奮。

在那陰鬱瀏海下的那張臉，其實有著赤子之心的眼神。

因為Z先生擅長狙擊這一點是最容易判別的，我們開始觀察著鹿港那間醫院的四周屋頂。

狙擊槍最廣泛使用的彈藥是 0.308 子彈系列，像是 7.62 NATO 子彈以及 7.62R 子彈都可以達到八百到一千公尺的射程距離，但是從妹妹駭到的警方資料庫中，那次自動狙擊鏡的子彈是 0.300 Winchester Magnum，可以達到九百到一千二百公尺。

雖然狙擊會被地形、氣候、天色以及環境影響，但是我們粗估從醫院為中心點，方圓一千二百公尺的樓頂都要用衛星空照一遍。

當然這樣找到Z的機率非常之低，即使我們猜到他會使用狙擊槍，這狙擊搶也是遠端遙控的，而且只要Z在非頂樓之樓層架設，我們也查不到。

所以妹妹也在翻閱醫院四周所有的監視器畫面。

不只是台灣，幾乎全球，在所有犯罪案件中，監視錄影畫面可以說是很重要的證據，但是不知道為什麼，這些監視器通常都是威嚇作用大於實際。

妹妹一邊翻閱、過濾，一邊納悶著：「這些監視畫面怎麼都解析度這麼低啊！大多還是黑白的。」

快要到達醫院前，我們被紅燈擋下來停留在一個十字路口處。

阿燦嘀咕著：「哈！這年頭黑心商品這麼多，願意承認自己是黑心的還真是沒有耶！」

阿燦看到一台與我們併排的黑色貨車，車身上面印著斗大的白字「BLACK STAR 黑星精緻餐飲」。

阿計盯著貨車的駕駛若有所思，輕輕的說了一句：「那司機戴著洋基隊的棒球帽……。」

接著大喊：「就是他！他就是Z先生！他就是兇手！」

小舒不知道在驚慌什麼開始放聲尖叫，被康老闆帶過來的鯊鯊也呼應的汪了兩聲。

好險我們的休旅車隔音設備不錯，而且隔熱紙也能防窺視。

不過很玄的事情是，身穿黑色制服的貨車司機Z先生好像聽得見似的，頭往我們車子這邊望過來，那眼神嶄露的空洞，讓我們大家都安靜了下來。

這一瞬間，我也觀察到Z先生隔壁坐著一位清秀的女生，也穿著黑色制服，不斷翻著手上的記事簿，一邊忙著講手機。

只有康老闆繼續吃著 Subway 潛艇堡，車上只剩下咀嚼的聲音。

綠燈一亮，BLACK STAR 黑星精緻餐飲貨車急速右轉，明明前方正是要前往醫院的方向，難道他有其它意圖？或是他發現了我們？

黑星貨車後方車輛一台台緊接著，我們一時也無法馬上右轉，只好繼續往前駛去。

阿計馬上聯繫給妹妹：「快！用衛星畫面幫我們追蹤剛剛我們停留的紅綠燈那裡，旁邊有一台黑色貨車，往中正路開去！」

「中正路？你知道全中部有多少條中正路嗎？」妹妹回應著。

「離醫院最近的那一條！」阿計的反應相當迅速。

在這過程中，我不斷的思索著，也試著拋下過去至今的調查與資訊，想要用最基本的邏輯思考。

「我猜，在隱密又有保全的醫院裡，要殺害撒老先生，就從食物下手即可，難道Z先生要用送毒餐盒的方式來犯案？」我邊想邊講。

「啊！那就趕快追上去啊！」小舒相當的緊張。

「有了，看到畫面了，往中正路開的黑色貨車只有一台，現在剛開離中正路，往南方前進。」妹妹有了超強電腦後，如虎添翼。

阿燦車子越開越慢，冷汗直流。

「阿燦！」我察覺異狀後，喊了他一聲。

「蛤？我該怎麼辦？」阿燦慌張了起來。

「你路邊停車！換我開！」我果斷的下了指令，也稍微依賴著他總是叫我麻吉的優越感。

阿計查看著電腦螢幕，也有了些動作：「看到畫面，黑星精緻餐飲的總店就在他前往的方向，可能剛送餐完，要補貨，也或是去另一個地方送餐，不確定，我們趕快跟過去。」

我跳下車與阿燦換了位置後，趕緊驅車前往，一邊請康老闆撥了電話到醫院，繼續用老同學名義轉接給撒老先生。

「你快用台語跟撒老先生說，待會送過去的便當，一定要吃完呀！自己一個人吃就好，別分別人啊！」我著急的喊著。

康老板不急不徐的照著做，仔細按著手機。

「為什麼啊？」阿燦納悶的問著。

「因為人就是犯賤理論，叮嚀叫他吃完，相信他一定不敢吃！」我繼續喊著。

其實我也擔憂著，假如毒餐盒的推論是真的，該不會便當很早就送去了，Z先生的行駛路線正是送完餐點回去總部的路上，那就太遲了，而跟醫院或是撒老先生說便當不要吃，可能又會被懷疑或是質疑，乾脆叮嚀他要吃完，相信樂透得主的他，提防人的心情，可以救他。

突然間，內心覺得，有些時候怎麼準備怎麼調查，最後事情怎麼發生也是無法控制的。

那段在曼谷大學圖書館的時光，那一堆擔憂與煩惱，那無法掌控，但是又奮力追逐後的巧遇，是幸運？是悲劇？

一陣複雜心情讓我想起了一位建築系的學長。

這位學長他努力拼了一年多的碩士論文，在電腦壞掉又沒有備份的情況下，失去了先前花很多時間撰寫的論文，很多努力需要重頭來過，而當他延畢一年終於有所斬獲時，指導教授突然的去世，讓剛接獲消息的他，一邊開車一邊奮力狂哭。

難過教授的離開，也哀怨自己的不幸。

至少再度延畢的他，最後畢業了。

我聽著妹妹在電話那頭的指引，把我們這幫人，帶往未知的深淵。

康老闆終於說了句話：「哈！阿純跟阿計，簡直是絕代雙驕啊！哈哈哈！Magnificent！」

真不知道康老闆是不是已經看過太多風風雨雨，面對這一切，處之泰然。

國中一個死黨曾經對我說過一句話，永遠也忘不了。

「你除了成績比我好之外，好像沒有什麼比我好了！」

是的，我身高當時沒他高，零用錢好像也沒他多，腳踏車上面那一堆加裝的避震器，我都沒有，外型也沒有他受女孩子歡迎，籃球也沒有他打得好，確實只有成績這件事略勝他一籌。

沒有了「比較」，你怎麼知道地獄比天堂黑，沒有了「比較」，你怎麼知道好壞優劣長短遠近粗細美醜有趣無聊。

在一間福利公司裡，每個人都領了五萬元以上的薪水，當你發現自己是全公司薪水最低的人時，每次上班心情都不太甘願，覺得自己薪水比較低，比較受委屈。

而在一間寒酸公司裡，每個人都只有三萬塊薪水，偏偏自己是領最高的四萬塊時，在上班過程中，內心優越感與踏實油然而生。

而領五萬塊的人發現好朋友在隔壁公司做到高階也才領四萬，內心覺得其實自己公司還不錯，但是看到同事的笑容，又想到別人領比較多，心情起伏還真是複雜。

寒酸公司裡領了公司的高階高薪，才發現隔壁朋友連低階基本都有五萬塊可以領，著實覺得自己壓錯寶了，唯有跟同事比才有優越感。

突然間隔壁福利公司傳來倒閉的消息，不管領多少都慶幸自己公司沒事。

但是後來發現隔壁公司倒閉在即，卻馬上有大公司併購，加薪之外，股價還持續上揚，羨慕又忌妒。

人活著似乎好難逃開「比較」這件事情。

騎單車比較環保，騎機車比較快，開車比較安全，他比較帥，她比較有錢，隔壁小孩比較乖，朋友小孩拿比較多錢回家，這次囍宴新人二次出場送的禮物比較好，我膽固醇比你高，他肝指數比老闆高，老闆頭髮比較白。

絕代雙驕誰比較優秀？小魚兒的放蕩不羈，花無缺的溫潤如玉。

阿計確實是個有兩把刷子的人，即使大家不把我倆拿來比較，我自己難免也會嘀咕一會，我相信在這世代的價值觀上，我倆成績應該不分軒輊，不知道為什麼，阿計卻讓我想起了國中時代的那位死黨。

那位我推心置腹的好友，但是卻是拿我的好成績數落我，原來他是這麼想我的？讓我一時不知所措，也難過的去思索，我是不是只有成績好，除此之外什麼都不是。

難道向來不被大家誇獎的弟弟，其實比較厲害？比較，在我幼小的心靈裡，不斷的發酵與疑惑。

在至今許多優秀的公家調查單位與民間偵察團隊中，為什麼我們有機會可以與兇手Z先生這麼接近？我們有比較強嗎？

根本就是比較好運而已。

衛星尋他千百度，那人就在紅綠燈路口闌珊處。

最後，多年過去，我與國中的死黨已經失去了聯絡，而我也才想到了答案，好想告訴當年的他：「因為我從沒想過跟你比較些什麼，所以我可能比較快樂吧！」

車子後方傳來一陣改裝車的引擎聲，「噗～～～～～～！」越來越大聲，把我拉回現實，也代表越來越逼近我們。

這種台客改裝車的引擎聲不像原廠跑車那樣沉穩，比較像是機械式的放屁聲，帶給街頭上嬰兒的哭鬧、行人的緊張心跳，還有耳膜的刺痛感。

這台顏色鮮豔誇張的改裝車快速的超過我們這台休旅車，在前方路口右轉，還稍為甩了點尾，發出了輪胎與柏油路摩擦的聲音，然後迅速的離開了我們的視線。

「噗～～～～～～！」的聲音並沒有如預期的逐漸遠離，而是緊接著帶來一聲強烈的碰撞聲，那無法用「碰！」來形容了，是「轟！」。

當我按照妹妹與阿計的指引，將車開往黑星貨車，也就是與改裝車同個路線時，映入眼簾的畫面讓人吃驚。改裝車扎扎實實的撞上了黑星貨車的屁股，那台Z先生開的車子。

改裝車車頭看樣子是全爛了，車內人員並未下車，也許是受了些創傷。

我們在車上都目睹到這一幕，慶幸黑星貨車終於停下來了，而他前方似乎也在面臨紅燈前的塞車。

黑星貨車上副駕駛座那位清秀女子，下車後失神慌張的查看，往後看的時候還不忘撥弄自己的長頭髮，慌張之餘還能調整一下自己花容失色的形象。

她嬌弱的看到後方追撞的車子嚴重變形，一副很著急的模樣。

更讓這女子嚇一跳的是，她的同事Z先生並未下車查看，而是開始將黑星貨車倒車，後方改裝車模樣已經夠慘烈，但只能繼續接受貨車倒車推動的摩擦，直到推開一定距離後，讓貨車有了空間繼續往前開，緊急右彎往小巷子開去。

可能，他擔心車禍引起警方的到來。可能，他已經發現我們在追蹤他。這時候我們也只能繼續追下去，我馬上把車也開往巷子衝去。

此時我們車上已經一團亂了，從後照鏡我可以看到阿燦抓著自己頭髮瘋狂的喊叫，小舒也開始歇斯底里抓著阿燦，阿計抓著阿燦手臂一直要他冷靜點，鯊鯊配合的汪了兩聲。

康老闆反而是興奮的指著前方喊：「快追！Go Go Go！」

我餘光發現康老板終於把 Subway 潛艇堡給吃完了，他終於專心加入戰局了。

阿計將我們藍牙耳機與妹妹的通話切換至車上的擴音裝置。

妹妹聲音在車上變成有如廣播電台般的存在著，她冷靜喊道：「還在衛星監控中，貨車右轉出巷子了！外面緊接著是一條很長的馬路。」

跟著衝出巷子，我們隨著黑星貨車向右轉，一同尾隨進入了這一條大馬路中。

車子看來不會太多，但是我可以感覺到Z先生似乎已經知道我們的存在了，他竟然開始左切進入快車道，隨即再往左切，進入對向車道，開始瘋狂的「逆・向・行・駛」！

關於逆向行駛我永遠都記得阿燦對我說過的那則笑話。

當時他一如往常用手指撐撐他鼻梁上的粗框眼鏡，然後一副胸有成足的笑著說：「麻吉！跟你說一個我剛聽來的笑話喲，超好笑！」

每次他只要說「超好笑」這三個字，通常都完全無法引起我的興趣，但是就只有那一次逆向行駛的笑話，完全戳中我笑穴，讓我有猛爆的正面回應。

也可能當時阿燦在講的時候，表情實在太蠢了。

有一個老先生開了兒子的汽車出門，過沒多久，兒子在家中便聽到了即時路況廣播。

廣播說到現在有一台汽車正在國道三號逆向行駛，要請所有高速公路上的車主小心駕駛。

兒子發現這條路可能是父親會開的路線，非常著急父親的安危，馬上打了手機給父親：「爸！你在哪裡？剛剛廣播說高速公路上有一台車子逆向行駛！你要小心啊！」

父親回答：「什麼一台！我看到好幾百台呢！」

原來正在逆向行駛的就是他父親！

不知道為什麼在這危急時刻，我腦海裡只有阿燦跟我說的這個笑話，我當場大笑了出來，我想大家一定以為我瘋了吧！

我也奮力往左線切，跟著Z先生一樣，開始逆向行駛，雖然車不多，但是逆向行駛過程中會與對向車子迅速地接近，我全神貫注的閃避車子。

車子後面還是一團糟，小舒好像還是處於瘋婆娘模式的亂喊亂叫，看樣子阿燦是暫時喊累了，他聽到我笑出聲音，有點納悶的望向我，鯊鯊吐著舌頭帶著「嘿嘿嘿！」聲音一副事不關己。

為了閃避車子，我簡直是蛇形在開車，緊抓方向盤，也緊抓著我們一車人的生命。

「阿燦！逆向行駛啊！逆向行駛啊！好幾百台呀！」我試著解釋我笑的原因。

「哈哈哈！超好笑吧！好幾百台呢！」阿燦聽懂了，也恢復了正常白癡笑聲。

阿計還搞不清楚什麼情形：「什麼東西啊！我們在逆向行駛耶！還笑得出來？」

康老闆則是非常專心的繼續指引，「小心右邊！左切左切！啊！小心呀！」

逆向行駛真是會讓人捏出一把冷汗，我開著車，左晃右晃，車道上一直發出許多喇叭聲，夾雜了剎車聲，還有一些碰撞聲。

我想那些碰撞聲是發生在我與其他車子摩擦的聲音，我們的車子已經削到了其他車子，但還不至於讓我們車子停下來，我試著繼續專注在把車能夠繼續往前開這件事情上。

「哈～～哇～～！」「啊～～～～～～！」

但是人常常有些時候，一戳到笑穴就止不了，那是一種深層的想笑，而且越是不能笑的時候，越是想要大笑出來，所以我一直很複雜的飆著車前進，既緊張又想笑，弄得快要內傷了，邊笑邊叫。

我也聽到阿燦笑得很誇張的聲音，簡直有點像是羊癲瘋似的抖動。

前方一台大型遊覽車正迎面襲來，我盡力控制著方向盤要遠離它。

遊覽車的擋風玻璃擦得很亮，我幾乎清楚看見司機驚恐進而扭曲的表情，那表情帶給我的又是害怕與爆笑的集合體，我內心更加複雜了。

「天呀～～！啊～～！」

在混亂之中，我與遊覽車呼嘯著擦身而過，我背脊都涼了一半。

這瞬間我腦海彈出了放棄的衝動，驚覺這樣追兇手真是不值得，但是當我油門催下去穩住車的剎那，我看見黑星貨車繼續逃竄的背影，好多的不甘心與憤怒在我腦海閃過。

「我不想再看到新聞報導有人被殺害了！」

「我不想每天活在擔心與恐懼之中！」

我內心不斷地對自己說著。

在這關鍵的幾秒鐘要做出判斷與決定是恐怖的。

Z先生或許是不在乎性命的狂人，而我們就只是一群普通人，非常普通的反射動作與感官。

如果這一刻要與他匹敵，也就只能拿出與他相同瘋狂的頻率了。

「在等什麼？快追啊！」阿計在我身後大喊著。

「That's right！跟他拼了！」康老板也讚聲。

我還依稀聽到小舒的哭聲與阿燦顫抖的笑聲。

既然大家都相信我，那我就繼續衝了。

我繼續控制方向盤，在混亂中尋找前進的空間，好像越開越駕輕就熟了。

沒想到逆向行駛這件事竟然也可以逐漸磨練，我開始切換起了方向燈，讓對向來車知道我們的行進方向，提前避開我們。

「嗚～～～！」鯊鯊竟然開始嚎叫。

我還是第一次聽到黃金獵犬嚎叫呢！

雖然還是明顯有多台車輛被我們嚇到，突然緊急剎車或是胡亂蛇行閃躲，但是我似乎已經可以快速地避開他們。

反正我只關切著，只要車子能繼續前進就好，其他小碰撞都無傷大雅。

在眾多車子中非常明顯映入眼簾的是，對向迎來一台白色跑車，那車子的天窗似乎探出了一個人頭。

隨著越來越逼近，我看清楚了那張臉上竟然張大的嘴，雙手還舉高比著「惡魔之角」的搖滾手勢。

那張嘴越張越大，注視著我們，從歡呼模樣變成驚魂錯愕，一副看到鬼似的。

「哈哈！是阿虐！是阿虐呀！」康老板竟然在拍手叫好。

好像沒有什麼球賽的ＶＩＰ座位能夠與現在康老板坐的副駕駛座來得震撼刺激了。

Ｚ先生似乎非常拼命，速度絲毫未減，好幾次也差點撞上對向的車，看這速度，我們是離他越來越遠了。

我內心才開始擔憂會追不上，黑星貨車就撞到了對向車子，在前方硬生生的側身翻覆，與地面摩擦滑行了好幾公尺，地面嘎然作響。

逆向互撞的衝擊太猛烈，黑星貨車翻覆橫躺在前方，也阻擋了我們前方原先接踵而來的車子。

在我繼續往Ｚ先生逼近的時候，左前方衝來了一台小轎車。我趕快轉著方向盤想躲開。

「啊！糟了！」我心想。

我們車子已經被小轎車從照後鏡位置猛烈撞上，劇烈的震動讓我們車子停了下來並熄了火。

這幾秒鐘，彷彿時間都靜止了，撞擊的聲響讓大家從叫聲中瞬間安靜下來。

安全氣囊彈了出來，擋風玻璃也碎裂了，但是仍然掛在前面。

「大家沒事吧！」我回過神，開始探視現在的情況。
感覺車上一陣吵雜聲。
「有人受傷嗎？阿燦？小舒？阿計？」康老闆翻身查看大家情況。
「喂？你們還聽得到嗎？你們怎麼樣了？」妹妹在擴音的電話中非常緊張。
鯊鯊的聲音像是在哀嚎。
小轎車車窗破了，裡面一位抹著油頭西裝筆挺的男士非常凶狠地對我吼：「喂！搞什麼鬼呀！會不會開車啊！逆向行駛很危險耶！」
我們車子駕駛座離小轎車駕駛座非常接近，油頭男士對我劈頭大罵，我也一時不知怎麼面對他，我原先一鼓作氣向前衝的鬥志也突然間消失無蹤，只能馬上嚴肅緊張的面對。
「對不起！對不起！緊急事件！我們在追壞人……。」雖然我不知道隔著這破裂車窗他聽不聽得到我的低語，但是我是扎扎實實的聽到他的怒吼聲。
而往前望去，可以清楚看到Z先生正努力地從斜躺的車中爬出來。
「快點！兇手要落跑了！Hurry Up！」康老闆激動的喊著。
這一刻，我突然想到以前汽車駕訓班老師教我的絕招，在這臨時熄火的時刻要讓手排車迅速恢復動力，就是什麼都不碰，直接轉鑰匙發動。
我手一扭轉鑰匙，車子馬上恢復了動力往前一傾，我繼續催著油門。
「喂！喂！不要跑啊！」油頭西裝男想要下車阻止我們，但是似乎他的車門變形導致無法開門，只能推著門透過車窗不斷喊叫。

看著他抓狂猙獰的表情，我內心也非常想要逃離，再說，Z先生就快跑掉了，要是沒追到他，還會有更多人死去，而我也會遭殃。

動力恢復了，硬生生拖開側身貼著我們的小轎車，我繼續往前開去，開了約莫十公尺，同時間也眼睜睜看著Z先生爬出車外往路旁跑走。

「沒事沒事，我們都還ＯＫ！」阿燦在後座報了聲平安，小舒還在啜泣哽咽著。

可能碰撞之下，大家都嚇到了，也恢復了理智，此時車上的所有人都一條心，專注看著眼前那位戴著洋基隊棒球帽的背影。

「你們沒事吧？兇手往正義街跑去，目前還在追蹤中，不過再過去太多房子的屋簷遮蔽，可能衛星畫面會追不到。」妹妹繼續監控著。

我繼續把車開到側躺的黑星貨車前停下，人生首次的逆向行駛，看到造成路面如此混亂的車禍，內心驚嚇不已，驚覺自己闖禍了，罪惡感撲襲而來。

27

The Function of Potted Plant 盆栽的功能

幾分鐘前，妹妹已經查到這位Z先生在兩天前剛匿名應徵錄取上黑星精緻餐飲的送餐司機，而隔壁副駕駛座的女子是不知情的普通送餐員。

果然阿純的假設是對的，Z打算用送餐盒的方式將毒便當帶給撒老先生，以達成他行兇的目的。

還沒來得及告訴車上的每一位，一心二用的她，繼續用衛星空照看著地面發生的一切，也從電話裡聽到了大家的緊張氣氛。

常有人說十年磨一劍，在昂貴的電腦設備加持下，還有多年駭客的經驗支撐，妹妹鬼才般的能力在此刻運用自如。

但是讓妹妹興奮的並不是這些事件的刺激感或是她駭客能力的挑戰突破，而是從耳機聽到的實況報導，讓她有了從未有過的感覺。

那是她第一次有這種團隊合作的感覺，雖然遠在這一端，但是透過耳機的聯繫，大家信任她、仰賴她、需要她，她是參與實況的一分子，這讓她嘴角不自覺上揚，非常享受這一刻。

而她也是最知道狀況的人，從衛星空照圖，她已經即時目睹了地面車禍的畫面。

我只能說，我們不是異常幸運了，而是異常戲劇。

「休想跑！」

車子剛停，阿計抓起身旁背包就跳下車，往Z先生逃跑的方向奔去，心裡也想著背包裡的電擊槍，信心十足。

「我去幫他！你們快報警！」我看到這個情況，趕緊也跳下車追隨上去，因為此時我不做任何事的話，也只能在原地面對罪惡與恐懼。

我想此時此刻，有著個人恩怨的阿計，是非抓到Z先生不可，而我當然有著最初的動機，奔跑中，總覺得這樣的發展最好不過了，我的同學們與康老闆，他們最好不要參與得太深入，要是他們因此有什麼傷害造成，我永遠也無法原諒自己，這個時刻，就讓我跟阿計倆人面對吧！回歸於個人恩怨。

我用手機開了衛星定位，直覺妹妹一定會找到我們。

阿計奔跑著，鑽進了好幾個巷子，又轉向了好幾個街道，排球隊的運動訓練，讓他很輕鬆的就可以追到Z先生，而Z先生可能也因為車禍有些許損傷，行動速度逐漸變慢了。

聽著妹妹在藍牙耳機中的指示，隨著Z先生的背影越來越近，阿計腦海中閃過了當時第一次與Z先生面對面的畫面，以及突如其來的劇烈爆炸。

莫名的緊張感與憤怒，腎上腺素，讓他越跑越快。

向來都是按照自己計畫的Z先生難得有了超乎自己預料的狀況，全拜一開始莫名其妙撞上來的改裝車所賜。

現在變成如此局面的憤怒感與失望感大概只在腦海中停留了一分鐘，冷靜的Z先生已經開始在思索下一步的佈局，畢竟他的目標就是樂透得主，而且他有非常堅定的執行力。

還在腦中規劃，怎麼行進才可以再度趕去醫院，他跑著跑著，自覺離開逆向事故現場很久了，Z先生稍微放慢了腳步，調整了一下頭上的洋基隊棒球帽，當他發現他走進了一個沒有出口的死巷子裡，便即刻掉頭。

那個巷子非常的擠，幾乎每個邊緣都停滿了車，有些邊緣沒有停車的，則放了幾盆盆栽，這些植物的光合作用只是順便，它們最大的功能絕對是住戶用來佔停車位用的。

老舊的公寓區域，在這平日上班時刻，人煙稀少，也異常的靜謐，有種平和的氛圍。

這種簡單平和的空氣，很快就被接著跑進來的阿計給打破。

阿計跑進巷子時就與正好轉身折返的Z先生面對面，四目相接，彼此只有兩輛汽車長度的距離。

Z先生很快就認出這位頭上有著陰鬱瀏海的人，是他把自己工廠給炸了的那天，找他問路的人。

「我見過你！」Z先生開口了，語氣平靜，眼神依舊空洞。

「我知道你是誰！」阿計堅定的瞪著對手。

Z先生迅速的從背後拿出一把槍，直接往阿計的方向射去。

或許有人說定期運動可以帶給人健康，定期運動讓人增加抗壓性，但是從沒人想過，運動的習慣往往在關鍵時刻，就是你重要的武器。

阿計從瀏海望去，看到Z的動作，馬上就以排球救球之姿撲向側邊的汽車後方，尋求掩護。

「砰！」

響亮的槍聲劃破寧靜的空氣，有些麻雀受驚而整群飛走。

阿計蹲躲在汽車後方，趕快翻出背包，打算拿出那把電擊槍，但是胡亂翻來翻去，背包裡竟然只有電池、手電筒，還有急救用品。

「電擊槍呢？」阿計怎麼想都想不透，他明明已經確認放在背包裡了。

Z先生的腳步聲越來越近，可以感覺到他穿著厚重的靴子，八成是 Timberland 的黃靴，慢步走來給人有種從容的自信，還有無情的冷血。

此刻在幾條街之外的車內，阿燦手拿著一把電擊槍問道：「欸！我剛剛從背包拿這個出來玩，阿計好像就把那個背包拿走了耶，他會用到這把嗎？」

「你白癡唷！他去追兇手耶，你剛剛在包包中還有看到其他武器嗎？」小舒生氣的喊著。

「有的話，我一定會拿出來玩啊！」阿燦開始緊張了，「糟了！阿純好像也是赤手空拳去耶！死定了啦！」

休旅車已經轉由康老闆駕駛，「你們別吵，一切已經於事無補，我們趕快按照阿純的衛星定位趕過去支援。」接著對著車內的電話擴音說：「妹妹！然後左轉嗎？」

一台外表撞磨慘烈的休旅車，繼續在街道間奔馳著。

妹妹在幫忙導航的同時也已經駭進警方無線電系統，直接動員附近警力前往阿純那裡協助，因為妹妹知道若是打電話報警，一來需要解釋，二來是目標物持續移動中，不好描述，三則是警方可能不會相信，所以乾脆這樣做。

其實過度自信是會害死人的，要是Z先生在第一時間奔跑過去追殺，一定能成功，但是電影中殺手都要冷靜，殺手都要帥氣，殺手不能太慌張。

也許因為阿計不是樂透得主，所以Z先生對於阿計的出現，只有想驅離他別打擾自己的想法，並無強烈致他於死的動機，但是那些工廠爆炸中的警察們呢？何其無辜，而樂透得主們呢？不用等樂透魔咒出現，Z先生的存在，就已讓他們如此不幸。

阿計在匆忙之中發現汽車旁邊花圃上擺著一張塑膠圓椅子，那種五金行輕易買得到的小板凳，椅面中間還有一個洞，方便人拿取，而上面還貼著海綿寶寶的貼紙。

既然電擊槍不在包包中，現在也已經沒有退路了，阿計伸手把椅子拿起來，往自己頭上的空中拋去。

還記得每一次排球發球時，那擊球出去的觸感，讓球變成自己的延伸往遠處飛去，而殺球也像是自己的能量傳遞，把壓力、憤怒給釋放出去，這也是阿計喜歡打排球的原因。

這次的球特別硬，特別難打，但是也沒有其他球可以選擇了。

阿計從蹲姿跳了起來，以發球的姿態直接進行扣殺，硬生生的把塑膠板凳當成排球攻擊。

椅子往Z先生臉上飛去，那一瞬間，阿計清楚看到了椅子上海綿寶寶的笑容，然而這個笑容很快就撲了個空，擊中一旁柏油路路面。

畢竟圓板凳不是球面的，很難控制方向，這個攻擊沒有擊中，Z先生被突如其然的板凳攻擊給震驚了一下，但是很快的就盯著阿計，冷冷的說：「哼！這是哪招？」

Z先生走過來舉起了手槍指著阿計的太陽穴。

「沒辦法了！是你自己招惹我的！」

很多人說人在快要接近死亡的時候，腦海中會浮現人生的那些過往回憶，也有人說，瀕臨死亡之際，好像身在隧道中，遠方有那光線引領著你，或是看見黑洞盡頭中，隱約閃爍著一束光線，也有人說，其實那是病人躺在那兒看到的手術燈。

但是偏偏阿計的腦海中只有剛剛海綿寶寶的一抹微笑，還有手打擊板凳後的痛楚，在瀏海下的眼睛，默默的闔了起來。

以為「砰！」一聲一切就結束了，偏偏阿計聽到的是「砰嘎！」。

緩緩張開眼的阿計，只看到Z先生頭部被重擊後倒在地上，仔細一看，一個盆栽紮紮實實砸在Z先生腦袋上，整個盆栽都破了，Z先生滿頭都是泥土與陶瓷碎片。

洋基隊的棒球帽，此刻一點幫助也沒有。

「阿計！你沒事吧！」我在二樓的露臺走廊邊，對著樓下的阿計喊著。

阿計抬頭望著我，把瀏海撥了一下，露出來的竟然是他傻眼的眼神。

在追著阿計到巷口之前，我看到了他們兩人的身影越來越接近，而接著我發現那巷子有通往二樓的樓梯，想說在危急時刻或許可以在樓上大喊，來個聲東擊西，或是引誘Z先生的目光，在還來不及策畫思考下，我已經跑到了二樓。

看到樓下的情況，我就在二樓舉起了一個盆栽往Z先生頭上丟去，還滿準的，Bingo！

我下樓走近阿計，兩人一起打量Z先生的情況，接著看到Z先生的頭顱開始流出了深紅的血，在柏油路上不斷的擴散開來。

看著大量的血流出，我倆一時之間也慌張了起來。

「想到了！我背包裡有急救包！」阿計趕緊從背包裡拿出了急救包。

我倆迅速地翻找急救包，所有輕微外傷可用的東西都有，但似乎沒辦法應對這頭破血流的大傷口，棉花紗布也顯得太微不足道。

我脫下了身上的薄外套，趕緊將Z先生的頭纏繞包好，用手壓著頭。

人生中從沒看過如此多的鮮血在我面前放肆的流，慌張之餘也在想著，到底要把他洋基隊棒球帽脫掉找到傷口處施壓止血，還是把那洋基隊帽子當作是他傷口的最後一道防線。

阿計當下已經幫我做決定了，「先……先找傷口吧！」

他抓住我的手臂作勢要我停止，接著把外套拆開，摘下洋基隊球帽。

看見Z先生頭皮上的一處傷口明顯的在噴流著鮮血，阿計看準目標就拿外套往傷口施壓。

我非常震撼地看著眼前的這一幕，沒想到阿計在面對剛剛才要開槍射殺他的壞人可以如此理智的進行救護。但是這想法隨即就消失了。

因為阿計邊壓邊放聲喊：「可惡！才沒讓你這麼好死，賠我Mini Drone！」

到底是什麼樣的遙控直升機讓他如此執著？我在驚慌失措下，還默默的流了一滴冷汗。

附近鄰居聽到聲響，陸續有人走來關切，有人一看到血就開始尖叫，也有人不斷向我倆詢問發生什麼事，安靜的社區，開始逐漸變吵。

幾分鐘後，康老闆車也開著我們傷痕累累的車子到了巷子口，妹妹透過衛星空照即時轉播，大概也知道發生什麼事，也在電話中跟大家說了。

警察與救護車，陸續高姿態的響著警鳴聲趕來，最慢，也最吵。

不意外的，媒體也跟著警車一起到了。

在這應該被控制下的場面，隨著人多嘴雜，開始趨於混亂。

Z先生被醫護人員圍繞後，我跟阿計退了幾步，我的雙手開始顫抖，兩眼望向康老板，康老闆只是點著頭，很快的用手臂把我給擁抱著。

小舒跟阿燦難得安靜，餘光中我只看到他倆驚恐的看著我，我的頭隨即埋入康老闆懷裡。我什麼都不想去想了，眼前的一切好不真實，我彷彿感受到我眼角濕濕的，是汗還是淚，我也搞不清楚了，這一刻我覺得自己又到了「清澈透明」的時刻，現場鬧哄哄的，我卻異常的感到安靜，而康老闆的衣服上，全是Subway潛艇堡的味道。

路面上那一只塑膠板凳上，海綿寶寶的表情繼續詭異的笑著。好像突然笑出了眼淚，一滴、兩滴、三滴，越來越多的水滴占滿了海綿寶寶的笑容。天空開始下起了雨。

28 逆轉 Second Chance

人生的擔憂與牽絆往往都是最親的人，就像父母，總是擔憂著孩子過得好不好，像是情人，擔憂著對方的心情與目光。

但是對於陌生人，我們的擔憂常常是被迫的，是無奈的。

還記得姜大哥，那位我的碩班學長，某次校慶結束的傍晚，正開著車要到海產店與許多同學會合聚餐，路上一台機車高速奔馳，從車道逆向迎面衝過來，面對面強力的撞上了姜大哥的汽車，機車駕駛當場昏迷不醒。

偏偏撞到的是姜大哥的汽車車頭，看起來就像是姜大哥撞的，汽車與機車的車禍，通常鐵包肉還是比肉包鐵來的安全，當然，也無法比肉包鐵來的弱勢。

雖然肇事責任後來釐清了，但是在道德上良心不安的姜大哥還是常常去醫院看那位昏迷不醒的騎士，幫助了醫療費之外，內心還是非常難過，因為要是一個生命的消逝與自己有關，相信姜大哥一輩子都會背負著這件事情。

在醫院，騎士的父母哀傷著說：「這麼年輕，都還沒結婚，卻傷成這樣，怎麼這樣……。」

就算姜大哥想負責也沒用，這位騎士是個男生，姜大哥真的無能為力。

直到那位騎士終於甦醒過來，姜大哥才徹底鬆了一口氣。

如今在醫院裡面的我們，都是這樣的心情。

當警方與救護車趕到後，Z先生被火速送到最近的醫院去，就是撒老先生待的醫院。目標被害人與兇手都在同一棟建築物裡，還真是諷刺，而更諷刺的是，在醫院中最擔憂兇手安危的竟然是一直要追捕他的我們，尤其是我。

沒想到盆栽從二樓掉落的破壞力如此驚人，我這麼一丟，讓Z先生陷入昏迷，正在加護病房觀察中。

一方面隨著兇手落網，我的內心鬆了一大口氣，不知道為什麼，我的高興並不是因為自己安全了，而是為撒老先生感到高興，他安全的活了下來，當他看完新聞後，相信他活的會更輕鬆許多，說不定也很快就搬離這個醫院，去過他應得的退休生活。

而難過的是，我就是導致Z先生昏迷的那個人，要是他死了，我就確確實實的殺害了一個人，與姜大哥當時感受到的包袱一樣。

我也無法把責任推給盆栽，說是殺手歐陽盆栽幹的。

我內心並不會太對不起Z先生，畢竟他是個壞人，我反而是對不起我的父母，想到母親要是知道這件事，一定會擔憂不已，這擔憂程度，絕對比弟弟累積的所有的麻煩事還要來得嚴重，想到這點，我內心相當難過。

警方大力讚許了我們的調查與協助破案，但是窮追不捨的詢問與筆錄，是非常折磨人的過程，最後才終於在康老闆詳細的解說下結束了。

警方說我是要救阿計才會丟盆栽，屬於救人的自衛行為，或許可以免除刑責，但是「或許」這兩字並非肯定詞，這一點讓我的心情更加沉重。

這幾天我一直守在醫院裡，大家也都陪著我，大部份時間都在病房大樓的交誼廳裡看著新聞報導，當然，如預期的充斥著樂透殺手落網的消息，但是我們在這兒守著，是想聽到Z先生甦醒的消息。

「麻吉！你真是帥翻了耶，用盆栽就搞定了這個世紀大惡魔！」阿燦說的話一點也沒安慰到我。

「你知不知道你從車裡衝出去那一剎那，我有多擔心。」小舒的話參雜了愛情成分，我多麼希望她純粹是友情的關懷。

妹妹也在醫院與我們一起，她沒說話，只是看著我，對我點點頭，表明對我的支持，隨後又把目光埋進筆記型電腦裡。

「大家都平安沒事，這是最重要的啦！」康老闆的聲音總是讓人感到放心。

「放心，這件事也算在我身上，是你救了我，而很多人也因你而得救。」阿計接著說。

我想經過這次，阿計與我們有了深層的革命情感。

後來阿計也漸漸的向我們透露了他的故事。

原來他爺爺從小最喜歡帶他去放風箏，當他爺爺過世後，身為杖期孫的他，唯一分到的遺產是一面金牌。

那是爺爺參加養大豬公比賽得到的金牌，很薄很薄的金牌，但是面積頗大，換成現金後，阿計買了那台 Mini Drone 直升機，想說這是爺爺留下來的風箏，可以繼續飛翔，可以拿來拍攝爺爺最愛看的夕陽。

這也是為什麼當 Mini Drone 被打壞後，阿計如此執著的要為它報仇的原因，那是一份情感的留存，阿計一直擔憂著，那與爺爺放風箏的快樂會消失。

原來每個人都有他內心羈絆的事情。

我在擔憂下，吃不好也睡不好，我獨自走在漫漫長廊上，想去販賣機投罐咖啡來喝。在走廊的彼端，我看見一個女生抱著一束花走向我。

是曉曉。

我一直以為在所有事情塵埃落定後，就是我與她見面的時刻了，可能是去參加某個朋友的婚禮巧遇她，也或是我直接用 Facebook 訊息約她去喝星巴克，再怎麼樣都不是現在這個時候。

在這個情況下見面還真是狼狽，我沒睡好兩眼無神鬍子沒刮，但是看到她讓我感到舒服，一直想見到她，終於見到了，也是一件開心的事。

她也發現了我，眼神倒是沒有我這般驚訝，緩緩走近的過程，可能只有一分鐘吧，但是在我腦海中像是十分鐘之久。

在這片段虛擬加長的十分鐘裡，我的大腦已經高速運轉，我自忖猜想：

「她是專程來看康老闆嗎？畢竟發生這麼大的事情，而她跟康老闆也很熟。」

「還是她來找我的？不太可能，一直沒什麼聯繫。」

「那束花是要送我嗎？難道她來向我道賀抓到兇手了？」

「還是她是來跟我表白的，哈！不可能！」

「還是說她剛好來醫院探望親人？」

「難道！她是撒老先生的女兒？」

「什麼！如果她是樂透得主的女兒，當時調查怎麼沒這筆資料？」

「假如她是，那她的全名不就是……」

「撒！」「曉！」

噗！我差點笑了出來，但是她自然美麗的模樣很快讓我回過神來。

「Hello，妳怎麼會在這兒？這麼巧？」我盡力讓自己露出笑容，但總覺得笑的有些僵硬。

「我來這邊探望我阿姨啦！我知道你們發生什麼事唷！雖然新聞沒有講很詳細，但是剛剛我遇到康老闆，他有跟我說。你們……很勇敢唷！」曉曉輕柔的說著。

「你有空嗎？一起去地下室餐廳吃點東西如何？」我好想跟她多說點話。

「我……我先去看我阿姨好了！」曉曉微笑了一下。

「喔！好！你快去吧！」我笑的應該還是很僵硬。

天呀！我被拒絕了……。

我默默的從販賣機裡拿出一罐冰咖啡，打算讓自己的倦態得到點清醒，慢慢的走到醫院地下室餐廳的一張桌前坐了下來，把還未打開的冰咖啡放在額頭上，感受那股冰涼。

有一個老先生神情悠哉的在我隔壁桌吃著牛肉麵，看他吃麵的模樣，彷彿他從牛肉麵中得到了無比的元氣，吃得津津有味。

仔細一看，這位老先生跟我之前看到的調查資料相片一樣，原來就是撒老先生，身旁沒有隨扈、沒有保全、只有一個老太太陪著，兩人看起來相當熟識。

看來，他得到了自由，也得到了真正的陪伴。

聽到老太太說話的聲音，我猜想是之前撒老先生賣蝦猴的隔壁名產店老闆娘，與我有一次電話之緣的人。

我內心終於也有了一絲暖流，很為他高興。看到他平安快樂，才是真正的樂透。

口袋裡的手機震動了，是康老闆打來的。

「好消息！大魔頭醒了，再觀察一天就可以轉到普通病房，接著警方就會接管了……。」

「嗯！知道了，康老闆，謝謝。」

嗯！真的是好消息呢！滿心期待那個惡人可以活下來，祈禱脫離那殺人原罪的我，終於鬆了口氣，我放下手機，癱坐在這兒。

不知道我已經放空過了多久，一個美麗身影緩緩的向我走來，在我對面坐了下來。

「妳怎麼下來了？」看到曉曉，我內心充滿了驚喜。

「我探望完阿姨啦！你不是約我來餐廳這邊吃點東西？所以我就來啦！」曉曉自然的笑著，大大的眼睛，好像也在綻放著笑。

我人在地下室，但是我的心已經飛上了天際。

「摩埃基金會贊助的扭蛋博覽會在今天展開，這次的扭蛋機台數量破了金氏世界紀錄（Guinness World Records），遠比日本秋葉原在去年的紀錄還要驚人，基金會的康會長現在正在現場接受媒體訪問，我們來聽聽他怎麼說……。」一位女記者站在人群前對著攝影機平鋪直述。

曉曉與幾個姊妹淘相約來扭蛋博覽會玩，也是為康老闆的摩埃基金會捧個場。

在康老闆接受訪問的同時，曉曉在人群中發現了阿燦與小舒之後，開始拉長著脖子探著頭，似乎在找尋什麼。

「你搖頭晃腦的在找什麼呀！」曉曉的朋友喊著。

「我好像看到認識的人了耶！啊！我找到了，你看就是他！那個平頭男生！」曉曉終於找到了，往阿純的方向指著。

阿純站在那兒觀看康老闆受訪，好像心事重重外加心不在焉的模樣。

「喔！原來就是你上次跟我說的那個會發光的男生嗎？我來幫你看看，嗯，很普通啊，哪裡有發光？平頭在發光嗎？」

「你不懂啦！第一次在海尼根遇見他，他整個人好像在發光，就是氣場很足、眼神發光的樣子，而且重點是鯊鯊很喜歡他呢！」

「還蠻難得聽你這樣說一個男生呢！妳喜歡他？」

「嗯……假如他約我的話，我應該會答應吧！呵呵！」曉曉的臉開始增添了一道淡淡的紅潤色。

「不然我們過去找他呀！」

「不要啦！很怪耶！」曉曉的臉更紅了。

「嘿！妳們看，那邊有喬巴的扭蛋耶！」另一位沒注意她們對話的姊妹淘，自顧自的就把大家拉去喬巴扭蛋機。

被拉走的同時，曉曉回頭往阿純望去，發現阿純的距離越來越遠，那顆剛退伍的平頭已經淹沒在人群裡，曉曉的臉上禁不住露出了一絲失落的神情。

「世界最遠的距離不是生與死，而是你在我身邊卻不知道我愛你。」，非常陳腔濫調的一句話。

通常這句話拒絕方的心聲會是：「自從我知道你愛我之後，我只希望可以跟你多保持點距離。」

通常這句話同意方的心聲會是：「那你為何不早說！距離其實只要幾個字就可以打破，比瞬間移動還快。」

世界上最遙遠的距離其實都在你我身邊，都是看事件來定義。

如果你肚子疼痛至極，拉肚子發生在即，偏偏廁所有點距離，那麼再近的距離你都嫌遠，只想越快到達越好，能省一秒是一秒。

如果101大樓可以住人，而你是住在最高樓層的金字塔頂端、居高臨下最高府第。某天電梯壞了，當你很努力很努力的從地下室爬到了第一百樓，在第一百零一樓家門口在即的那一刻，才想到家門鑰匙還放在地下室車庫的車子裡，忘了帶上來。

你的眼睛大概會突然有點想泛淚光，回頭的距離會比原本爬上來的距離還要遠，畢竟帶著希望向上與帶著絕望無奈向下，是不同的感受。

不過到得了的都不叫遠方，唯有到不了的無法觸及。

距離到底在哪裡？只有遠傳敢說他沒有距離。

是對的情況卻在不對的時空中發生？但這不是不到，只是時候未到，你們一定會遇見，只是在遇見前那等待的時間，就是距離。

距離與時空的交錯，是注定還是命運？

距離的拉扯間，命運捉弄著人們，但是人們都沒想到，當他攤開手掌，看著自己命運的手掌紋路，一旦緊緊握住後，原來命運還是掌控在人手裡的。

看著康老闆被媒體包圍，真覺得康老闆果真適合當基金會董事，一整個完全上得了檯面，扭蛋博覽會的某個區塊人滿為患，我看得不太清楚，努力的擠過去，想多看一眼，到底是什麼主題吸引這麼多人，才發現是那超受歡迎的海賊王扭蛋區。

我望過去，看到一個人的側臉，竟然是曉曉，那位讓人充滿好奇的女孩。

她的笑容燦爛無比，我走過去正想跟她打聲招呼，連台詞都想好了，我要問她是不是康老闆邀請來的，還有是不是喜歡喬巴。

人群擠來擠去，突然曉曉與友人就這樣掉頭走掉了，而我被突然擠過來的一群人給擋住了去路，曉曉的髮梢好像慢動作的在我眼前播放著，我也只能看著她的背影逐漸消失在人群中。

我試著想追過去，但是這股人潮洪流簡直像是跨年時去101看煙火一般，我的腳突然無法自主，我只能隨著人潮擠的方向，隨波逐流。

我內心想反抗，我不想那身體與靈魂抽離的感覺，我想叫住她，我大喊了一聲：「曉曉……。」

身旁擠著的人突然白眼盯著我看，一臉不悅。

「曉……小心點啦！」我傻笑應對，餘光目送著女孩與我的距離越拉越遠。

什麼是距離？我覺得「錯過」才是距離。

而「把握」，則是縮短距離的關鍵。

甚至有些時候，距離的消失，是「命中註定」也說不定！

29

Seed of Sin 罪惡的種子

男人靠直覺，女人靠第六感，Z先生是個奇怪的動物，他靠的是猜測與驗證，所以他總是大膽假設小心求證，基本上Z先生是狂人，狂人是不講理的，狂人無法說服，狂人也無所顧忌，狂人只抓住自己的目標，不擇手段的前進，這樣的狂人是社會病態的產物嗎？還是說他是社會產物下的病態？

那一天，廢棄工廠裡，Z先生一進門就猜測今天有人會找上門，沒想到沒有幾秒鐘，剛打開廢棄工廠裡貨櫃中的電腦螢幕，就看到了四週監視器畫面裡黑鴉鴉的警察身影躁動著。

「終於找上門了嗎？」他心裡想著。

Z先生抓起了桌上的手槍與電腦上插著的隨身硬碟，丟進了背包裡，接著雙手在電腦鍵盤上按了幾個快捷鍵，電腦瞬間啟動了工廠四週的爆炸裝置，進行倒數讀秒，而電腦也進行自我毀滅模式，任何資料都將永遠不復存在。

「是你們逼我的！」

Z先生熟練的往一個角落走去，一個鋁梯斜躺在那兒。玻璃缸中，那隻變色龍從一個矮樹枝上跳了下來，頭朝著Z先生離開的方向專心的望著，似乎發現些什麼似的，但是牠並不知道主人沒有要帶走牠的一絲想法。被遺留的不只是變色龍，偌大的工廠，還有無數的設備與尖端器材，都是無盡罪孽的兇器。

Z先生爬上鋁梯，推開厚重的門，躍上工廠屋頂，這個逃身路線早已一直在Z腦海中策畫已久。

而他逃跑的方式也經過精密的計算與觀察，在那屋頂的一個角落，剛好是多處死角，不太容易被前方與四周的人發現。

唯一可以發現的位置，大概就只有阿計當時站著觀察那一個位置。

巧合？還是冥冥之中，這都是有某些聯繫與某些意義的？

把別人Mini Drone直升機打下來，總是要還的。

愛國獎券、樂透彩券，給人帶來了無窮的希望，帶來龐大的商機，也提供了公益上實質的贊助，而每個樂透的降臨，除了造就了許多富裕的家庭，也可能造就了許多悲劇的演進。

一位警察組長跟康老闆說，他們派員前去兇手的老家中調查，發現了事情的根因。

那是在台中沙鹿郊區的一棟豪華別墅，年久失修的房屋雖然無損豪宅的霸氣，但是有著人去樓空的黯然。

一位資深的警員在兇手房間內探視，搜尋到數本封塵已久的日記簿，裡面訴說了兇手兒時的一切，警員緩緩的隨機翻閱。

「親愛的日記，自從爸爸中了樂透頭彩後，我們搬到了更大的房子，也換了更貴的車子，我轉了學，而爸媽也都不再去上班工作了，但是我一點都不想搬走，以前每次倒垃圾都可以遇見那位漂亮的女孩，我再也不容易見到她了。妹妹什麼都不知道，只知道搬到大房子就有自己的房間了，再也不用跟我擠同一間了，他們什麼都不懂，尤其沒人懂我。」

「親愛的日記，爸媽一直在吵架，要是爸媽可以不吵架，我寧願家裡從來沒中過樂透……。」

「親愛的日記，爸爸今晚又到了凌晨才回來，喝了很多酒，很多莫名其妙的人一直出現在家裡，他們好像都是來借錢的，還有很多人要老爸投資，我不喜歡這一切，我想念我的同學們……。」

「親愛的日記，妹妹被綁架了，爸爸失蹤了，媽媽不願意告訴我真相，只是一直哭一直哭，但是今天報紙上面寫著那位樂透得主悲慘事件，其實就是說我們家，他們以為我都不知道，其實我都懂。」

「親愛的日記，我明白了，樂透彩券是萬惡的根源，世界上根本不應該有這種東西，我要徹底毀滅這萬惡的根源，每個頭彩都是罪惡的，我要想盡辦法改變這個世界，在審判日來臨之前，我要好好念書，把改變這一切需要的智慧通通收集起來，那一天就不遠了……。」

Z先生家庭破碎後，獨自繼承了父親揮霍後剩下來的近千萬遺產，經過多次轉學、改名，在各個學校中成績名列前茅，只是獨來獨往，沒有朋友。

那間爆破的工廠，正是Z先生父親過去經營的廠房，廢棄已久。

愛德華・諾頓・羅倫斯（Edward Norton Lorenz）在一九七九年一場位於華盛頓的美國科學促進會中發表了知名的理論：「蝴蝶效應」（Butterfly Effect）。

在會議中他說道：「一隻蝴蝶在巴西輕拍翅膀，會使更多蝴蝶跟著一起輕拍翅膀。最後將有數千隻的蝴蝶都跟著那隻蝴蝶一同振翅，其所產生的巨風可以導致一個月後在美國德州發生一場龍捲風。」

不知名無造作自然學院路人系系學會成員，在某日午後的台北信義區街頭，一時之間抬頭往天空望去，夾帶著一聲慘叫。

路過的人全都往同一個方向看去，大家都起了疑惑，天空沒有飛機也沒有飛碟，對面大樓更沒人跳樓，這驚呼聲帶給大家內心的疑惑聲，讓大家很有默契的一起抬頭張望，也一起激起疑惑。

有位男孩隨著眾人抬頭，邊看邊走，不小心踩到隔壁路人的腳。

被踩到的是一位梳著油頭西裝筆挺的大叔，今天從中部開車北上時出了車禍，很扯的是，他是被逆向行駛的車輛撞上。而好不容易趕到台北總部時正好又被老闆罵，帶著怒氣順勢轉頭想看看是誰走路撞到他。

轉身之際手中那只公事包也迴旋一轉，正好打中對向走來的老奶奶肩膀，老奶奶身向前一傾，老花眼鏡飛了出去。

一個青春女孩向前好心蹲下來撿拾，撿起的那瞬間一陣風將女孩裙子掀起，粉紅蕾絲花邊內褲全顯示在那位油頭大叔眼前。

老奶奶笑著謝謝女孩的幫忙，油頭大叔看了蕾絲內褲消了氣，男孩腳扭到正跌坐地上懊惱。

老奶奶那天因為那一下碰撞，多年來的五十肩今天竟然不疼了。

青春女孩因為日行一善撿眼鏡，卻不知道今天其實日行兩善，洩了春光，造就油頭大叔養眼。

油頭大叔腦中還是蕾絲花邊的畫面，臉上淡淡的笑，卻不知道公事包裡面要給客戶的重要樣品已經碎掉，晚一點客戶罵完換給老闆繼續罵，而他那台在鹿港被逆向行駛撞到的轎車，還不知道找誰理賠呢！

男孩抬頭的好奇心人之常情，自己是校隊籃球主將，卻因為腳扭到隔天比賽不能出席而懊惱，但是後來意外得到一位同校女孩的安慰，一週後進而交往，有了女朋友。

這些事情發生的始作俑者，那位路人系系學會成員，是因為早上起床落枕，想抬頭看一下路標，沒想到脖子疼痛劇烈，不禁喊了一聲，而頭一時之間無法歸位，在那兒疼痛不已。

街道的人都已散去，剛剛發生什麼也已淡去，隨之而來的故事，繼續發展下去。

很多事情看似微小，但是它隱藏的潛力都可能成就未來巨大的差異。

每個世代的遊戲規則不斷的被前一世代的人影響，而這一世代的人努力改寫，每場遊戲、每個決定都足以演變成下一個未來世代的一切。

差異只在於，我們種下的種子是希望，還是罪惡。

30 尾巴 Tail

事過境遷了，樂透殺手到案，媒體繼續沸沸揚揚，談話節目暫時還有很多話題可以聊。

我們這群偵探團隊暫時解散，雖然警方極力邀請我們加入警力智囊團，來協助許多疑難雜症的案件，但是這個事件太過辛辣，大家只想回到原來的生活軌道，平淡些也踏實些，另一方面，畢竟我們的功力，只是幸運地在等紅綠燈就等到了兇手，這種事也不是這麼輕易可以再度發生的。

小舒又回去當了 show girl，擁抱鎂光燈對她的寵愛，只是她多了一個護花使者，阿燦隨侍在後，包辦了交通接送與三餐，標準的領好人卡行為。

小舒雖然嘴裡說很煩很困擾，但是經過一次展場鹹豬手事件後徹底改觀，那位偷抓了小舒屁股一把的色狼被阿燦狠狠的打了好幾拳。

阿燦因為扭打色狼的身影，在小舒心中大大躍升成英雄。阿燦出拳的舉動，把他們兩人之間一直有的遙遠距離給瞬間打破。

康老闆繼續經營著海尼根與摩埃基金會，鯊鯊的尾巴還是搖得很扎實與興奮。妹妹很跳 tone 的突然不想玩電腦了，在海尼根開始跟康老闆學做菜，外表中性的她在廚房細心的像個小女人。

阿計回到學校去，破天荒的邀排球隊隊員聚餐，開始敞開心胸交朋友。瀏海下的眼神，溫柔了很多，嘴角也多了些笑容，那天圖書館搭訕的女生資資也受邀參與聚餐。

那我呢？自從在醫院地下室與曉曉吃完飯後，我們開始交往，三天後我就告訴她我中樂透這個秘密，而她第一時間的反應竟然是告訴我，她長期透過世界展望會資助一個薩爾瓦多的小朋友念書，希望我可以也參與，就這樣我開始資助了五十位小朋友，並打算持續資助到他們十八歲成年。

曉曉第一時間只想到別人，讓她在我心中默默的加分到爆表，而兩人的相處似乎也是自然而融洽的。

是時候回到袋鼠島去找莎拉了。

原本以為我會重新回到那台 TRANSALP，然後把剩下的摩托車旅程完成，但是我沒有。因為有了之前那樣的過程，我已經很滿足了，而接下來，我有更多的目標要去完成。

我還是專程回到了袋鼠島，而且不是一個人，帶著曉曉一起，飛到阿得雷德，然後一起坐船重回那塊又野蠻又充滿記憶之島嶼。

我們到了莎拉家，與我的戰友 TRANSALP 道別，然後把 TRANSALP 送給了莎拉的兒子。

他長大後可以騎它在袋鼠島上奔馳，未來更進一步在其它島上奔馳，甚至有更多更多的冒險。

我們也與莎拉全家在那間燒毀重建後的歐隆旅館裡吃了大餐，燒毀的痕跡已經完全消失，只剩下幾張燒光後拍的照片，裱框後掛在吧檯，讓大家每每看到那照片都更加珍惜這間旅店，也更珍惜當下的每一刻，莎拉看見我的手牽著曉曉，著實為我高興，她深知我已經回去找到了我想要的。

那趟重回澳洲之旅，我們還一起飛到了澳洲內陸的中心看烏魯魯（Uluru），那個巨大的艾爾斯岩（Ayers Rock）。

由於日劇《在世界的中心呼喊愛情》的影響下，這裡是亞洲人非常熱愛的景點，彷彿在這兒呼喊愛情，愛情就得以永恆與美好。

但是也因為這裡太過於被神化，許多旅客都會撿一顆這裡的石頭回去作紀念，漸漸的艾爾斯岩的附近不斷有人破壞採石，甚至已經被做成商品販賣，成為很夯的紀念品。

在旅行過程中，聽到當地居民講到這個長久以來的困擾與破壞，我們都感到很遺憾，而我久未使用的黑卡也因而終於派上了用場。

從沒想過黑卡也可以這樣使用，錢雖然不能買回所有被採走的石頭，但是錢卻可以塑造一個傳說。

創造了幾起假新聞，說採走石頭的遊客會受到詛咒，並且有壞事降臨。

然後在烏魯魯附近的文化紀念館設立了一間「懺悔石頭儲藏室」，每一個寄回來的石頭都會在這儲藏室存放一天，得到當地祖靈與地祇的原諒與庇護後再回歸烏魯魯的懷抱，回到原地。

這樣的傳說一傳開，媒體再大肆報導，很快的就解決了這個問題，儲藏室很快的就收到了大量的石頭歸還，烏魯魯園區也受到了完整的保護。

我也開始懷疑，我從小就聽到的許多習俗與傳說，是不是有些像是這個傳說一樣，背後都含有一個深層意義，還有一個有心操控的人呢？

所以很驕傲的，在世界中心不但呼喊了愛情，我們還創造了一個傳說。

重回澳洲讓我很懷念，更興奮的是一路上可以牽著曉曉，多了一人分享，與先前孤寂奔走的自我追尋完全不同，那是更美好的樂章展開。

雖然摩托車日記沒得繼續寫下去，沒能騎到某個標地英雄式的完成旅程，但是我想這不是重點。

人生不一定都要像那張考卷成績一樣，需要定下結果，需要被那紅筆狠狠的打了幾個勾，幾個×，然後再寫上個分數，才算是完成。

那張追了老半天的畢業證書，反而沒有這念書過程中與同學們共同的回憶、一起打球的時光、一起衝福利社搶榨菜肉絲麵的感覺來得珍貴吧！

那個幾乎人人都有的新娘二次出場發禮物時刻，抽捧花、抽花椰菜等儀式的婚禮，也沒有你們交往過程中的甜蜜點滴還重要，不是嗎？

每個旅程、每件事情，「過程」，不就是這一切之中最有趣的一件事嗎？

那過程在哪裡？
就是現在！

這一天天氣很糟，但滂沱大雨並不影響我的心情，反而是絕佳的好機會，可以在家裡瘋狂的彈奏電吉他，用那狂暴式的聲音代替我尖叫。

我開始學了一直很想學的電吉他，彈得無敵爛，但是快樂極了。

這跟我過去學任何東西取得任何獎項不同，是因為這是音感差的我，怎麼學都進度緩慢的一件事情，讓我陶醉那一份進度緩慢的過程，因為我總是有很大的空間可以努力，而音樂也是永遠無法用分數、證書來評論的一件事。

如果說天才如我之考試機器是天賦，那麼音感差也是種很棒的天賦，讓我永遠享受那份過程，就像是永遠無法完成的拼圖，永遠考不到一百分的無限可能。

吉他彈累了，手機滑開，裡頭有我逐漸打造的世界，我想智慧型手機是我這個世代中最方便的發明吧！

手機裡透過指紋辨識 APP 外加瞳孔辨識相機掃描，安全的記載了我常用的七組密碼，七組用圓周率 3.1415926……下去挑選的奇怪組合，讓我放心的透過手機遠端遙控著我關心的一切，也是樂透過後的一切延伸。

不是股票、不是石油、不是匯率，而是那些我創造的園地。

一個匯報平台 APP 顯示著一所學校派去非洲的農耕團近況，帶來許多好消息，讓我感到欣慰。

農耕團默默的就是在做教你捕魚勝過給你魚吃的作為，努力改變許多地方糧食缺乏的問題。

表面上農耕團是隸屬學校單位，目的只是為了更輕易爭取到各國經費贊助，還有更容易從學校找到有志的專業農耕青年，當然其實背後由我強大的經濟後盾與支持，經費就像滾雪球，農耕團得以持續發光。

由於深感這個島嶼的新聞畫面總是太過色羶腥，我決定用錢的力量收購大量電視台的股份，漸漸得以控制到新聞媒體的播送內容，在盡量不影響新聞自由的前提下，好人好事的新聞稿，總是會莫名其妙的增加篇幅與播送率，而國際觀也融入其中。

一群專業的社會學家、媒體人、心理學家、教育家等等組成的強大智囊團就在電視台背後慎密的操作媒體播送內容，雖然無法面面俱到，但是也盡力往多元邁進。

我想正面積極的事情，一定會影響每天每個人的心情，如果我可以改變大家的心情，那麼這個世界也會漸漸的被改變，這樣的努力需要時間去潛移默化，這樣的電視台，還要繼續持續的一間一間收購。

只希望大家未來看完電視新聞不再是氣憤的批判與失望。

摩埃基金會當然還是持續運作著，我與阿燦都在這裡工作，每天都對於工作充滿著熱情。

基本上這個基金會簡直就是我 idea 的來源，所有想到改變這世界的想法，很多都是來自基金會贊助提案中發想而延伸的，而基金會已經搬離了海尼根，在北中南各地都有了基地，成員也已經破千人了，成為國內最具規模與最有影響力的基金會。

各地基金會幹部透過康老闆的引薦，安排了幾個森林學校的老校長還有退休導演擔任，有些時候，校長與導演的治理能力往往都比政治人物與官員厲害呢！

以基金會為基礎延伸出來的各項專案與子公司，如火如荼的展開，有研究環境荷爾蒙的、有贊助背包客壯遊的、有推廣健康蔬食的、有解決流浪狗問題的，有興建私有合宜住宅解決高房價問題的，甚至因為專案的成功推行，進而推動了許多法案的催生。

這些我想都還只是開始，這世上還有很多問題都值得運用資源去解決，樂透彩金可以確確實實被利用著，而大家的創意與智慧都不該被埋沒。

我關閉手機裡的匯報平台**APP**，知道所有播下的種子都不斷地發芽著，心裡覺得踏實。

我撥了個電話給心愛的女友，今晚有著特別的活動。

「妳在哪裡？我去接妳。」

「我已經先到你老家囉！跟你媽一起在做起司蛋糕！這是晚上慶功宴要吃的。」曉曉的聲音在飛揚。

爸爸搶過了電話，用哲學式的口吻對我說：「斯是陋室，唯吾德馨。蛋糕起司，快點來吃。」

「不行啦！這是表演結束後的慶功宴才能吃的啦！」媽媽在一旁糾正著。

我們晚上要去的地方是台中創意文化園區的 TADA 方舟，很難得父母要去一個將會整晚吵鬧 high 翻的現場，因為那是弟弟首次登上如此大的舞台展現他的ＤＪ功力。

聽老爸說，自從那天晚上我把ＤＪ唱盤摔壞後，弟弟好像變了一個人，再也不打線上遊戲了，白天努力的打工，晚上學ＤＪ，現在終於是專職的ＤＪ，也即將發行首張浩室（House）專輯，專輯名稱《純》是要向我道謝的，雖然我問他，他都打死不承認，只說這是表達音樂的純粹面。

妙的是，有手機的線上遊戲廠商打算與他合作發展一款ＤＪ的線上遊戲。

我們永遠不會知道，你玩的事情未來會不會成為一個 Good Business。

我由衷的為他高興。

我們大家在一起前往會場的路上，我瞥見了路旁公益彩券行上掛著的宣傳布條，上面寫著：「順路買彩券，圓夢趁現在。」

我內心暗暗的笑了一下，真正的夢其實都不是靠樂透買到的，弟弟的ＤＪ夢、我握住的愛情、父母的慈愛、那群永遠支持我的朋友、那間有歸屬感的海尼根，一切的一切，原來我早就活在最美好的夢裡了。

我跟我愛的人，我的家人，一同走在夢裡，慢慢步向表演會場。

在會場門口，一旁一個梳著油頭又西裝筆挺的路人慢慢走向我。

他狐疑的盯著我兩秒後說：「喂！這麼有緣被我遇到，我記得你啦！小鬼！你那天逆向行駛撞我厚，被我遇到了厚！」

「是……是你！」我認出來了，我永遠記得他那抓狂猙獰的表情，梳油頭的西裝男！

剛說完，一記右勾拳朝我臉上揮來。

「啊喲！天呀！真是超痛的！」

不管什麼世代，每個人都是如一片白紙來到，每個童年都造就了現在的你我，過去的榮耀、傷疤累積成現在的自己，無論如何，我們都該努力的讓美好降臨。

這樣的行為，是會傳承的，世界也會因而變得美好，因為每個人都是從模仿開始，這個世代模仿著上個世代，站在巨人的肩膀，開創了自己的道路，當然也要背負上一代留下的美麗與哀愁，而下個世代就是接續這個世代，反覆下去。

只要有個靈魂還在努力的活著，熱血的找出生命的意義，那麼不管那個世代變得多糟糕多難面對，一定都還是個好的世代。

一個美好的純世代。

Pure Generation。

釀冒險5　PG1350

億萬副作用 PURE GENERATION

作　　者　Neo
責任編輯　陳思佑
圖文排版　周政緯
封面設計　蔡瑋筠

出版策劃　釀出版
製作發行　秀威資訊科技股份有限公司
114 台北市內湖區瑞光路76巷65號1樓
電話：+886-2-2796-3638　傳真：+886-2-2796-1377
服務信箱：service@showwe.com.tw
http://www.showwe.com.tw
郵政劃撥　19563868　戶名：秀威資訊科技股份有限公司
展售門市　國家書店【松江門市】
104 台北市中山區松江路209號1樓
電話：+886-2-2518-0207　傳真：+886-2-2518-0778
網路訂購　秀威網路書店：http://www.bodbooks.com.tw
國家網路書店：http://www.govbooks.com.tw
法律顧問　毛國樑　律師
總 經 銷　聯合發行股份有限公司
231新北市新店區寶橋路235巷6弄6號4F
電話：+886-2-2917-8022　傳真：+886-2-2915-6275

出版日期　2015年10月　BOD一版
定　　價　300元

Printed in Taiwan

國家圖書館出版品預行編目

億萬副作用PURE GENERATION / Neo著. – 一版. – 臺北
市：釀出版, 2015.10
面； 公分. -- (釀冒險 ; 5)
BOD版
ISBN 978-986-445-048-0 (平裝)

857.7 104016684

讀者回函卡

感謝您購買本書，為提升服務品質，請填妥以下資料，將讀者回函卡直接寄回或傳真本公司，收到您的寶貴意見後，我們會收藏記錄及檢討，謝謝！

如您需要了解本公司最新出版書目、購書優惠或企劃活動，歡迎您上網查詢或下載相關資料：http:// www.showwe.com.tw

您購買的書名：________________________________

出生日期：________年________月________日

學歷：□高中（含）以下　□大專　□研究所（含）以上

職業：□製造業　□金融業　□資訊業　□軍警　□傳播業　□自由業
　　　□服務業　□公務員　□教職　□學生　□家管　□其它_____

購書地點：□網路書店　□實體書店　□書展　□郵購　□贈閱　□其他

您從何得知本書的消息？

□網路書店　□實體書店　□網路搜尋　□電子報　□書訊　□雜誌
□傳播媒體　□親友推薦　□網站推薦　□部落格　□其他__________

您對本書的評價：（請填代號　1.非常滿意　2.滿意　3.尚可　4.再改進）

封面設計____　版面編排____　內容____　文／譯筆____　價格____

讀完書後您覺得：

□很有收穫　□有收穫　□收穫不多　□沒收穫

對我們的建議：________________________________

____

____

____

請貼
郵票

11466
台北市內湖區瑞光路 76 巷 65 號 1 樓
秀威資訊科技股份有限公司 收
BOD 數位出版事業部

（請沿線對折寄回，謝謝！）

姓　　名：＿＿＿＿＿＿＿＿　年齡：＿＿＿＿　性別：□女　□男

郵遞區號：□□□□□

地　　址：＿＿＿＿＿＿＿＿＿＿＿＿＿＿＿＿＿＿＿＿

聯絡電話：(日)＿＿＿＿＿＿＿＿＿＿　(夜)＿＿＿＿＿＿＿＿＿＿

E-mail：＿＿＿＿＿＿＿＿＿＿＿＿＿＿＿＿＿＿＿＿